20
변변찮은 마술강사와
금기교전
Akashic records of bastard magic instructor

Akashic records of bastard magic instructor

CONTENTS

막 간 1 | 타오르는 제도에서
013

제 1 장 | 바닥이 보이지 않는 절망
033

제 2 장 | 페지테의 사람들
075

막 간 2 | 광대의 그림자
149

제 3 장 | 목숨이 있는 한
173

제 4 장 | 내일을 위해
261

종 장 | 5854년 후의 너희들에게
289

후기
309

이브
이그나이트

걱정하지 마, 글렌.
……난 안 도망쳐."

변변찮은 마술강사와 금기교전 20

Akashic records of bastard magic instructor

히츠지 타로 지음
미시마 쿠로네 일러스트
최승원 옮김

교전은 만물의 예지를 관장하고, 창조하며, 장악한다.
그러하기에 그것은
인류를 파멸로 인도하게 되리라——.

『멜갈리우스의 천공성』 저자: 롤랑 엘트리아

Akashic records of bastard magic instructor

Character

Main

시스티나 피벨

고지식한 우등생. 위대한 마술사였던 조부의 꿈을 자기 힘으로 이뤄내기 위해 흔들림 없는 정열을 바치는 소녀.

글렌 레이더스

마술을 싫어하는 마술강사. 만사에 무책임하고 의욕 제로. 마술사로서도 삼류라서 장점은 전혀 없는 셈. 그런 그의 진정한 모습은―?

루미아 틴젤

청초하고 마음씨 고운 소녀. 누구에게도 밝힐 수 없는 비밀을 가지고 있으며 친구인 시스티나와 함께 열심히 마술 공부에 매진하고 있다.

리엘 레이포드

글렌의 전 동료. 연금술로 고속 연성한 대검을 다룬다. 근접 전투에서 비교할 자가 없는 이색적인 마도사.

알베르트 프레이저

글렌의 전 동료. 제국 궁정 마도사단 특무분실 소속. 신기에 가까운 마술 저격이 특기인 굉장한 실력의 마도사.

엘레노아 샤레트

알리시아의 직속 시녀장 겸 비서관. 하지만 그 정체는 하늘의 지혜 연구회가 제국 정부로 보낸 밀정.

세리카 아르포네아

제국 마술 학원 교수. 글렌의 스승인 동시에 길러준 부모이기도 한 수수께끼가 많은 여성.

Academy

웬디 나블레스

글렌이 담당하는 반의 여학생. 지방 유력 명문 귀족 출신. 자부심이 강하고 권위적인 성격의 세상 물정 모르는 아가씨.

린 티티스

글렌이 담당하는 반의 여학생. 약간 내성 적이고 체격도 작아서 귀여운 동물처럼 보이는 소녀. 자신감이 없어서 고민이 많다.

기블 위즈덤

글렌이 담당하는 반의 남학생. 시스티나 다음가는 우등생이지만 결코 주변과 어울리려 하지 않는 냉소주의자.

카슈 윙거

글렌이 담당하는 반의 남학생. 덩치가 크고 튼실한 체격. 성격이 밝고 글렌에게 호의적이다.

세실 클레이튼

글렌이 담당하는 반의 남학생. 조용한 독서가. 집중력이 높아서 마술 저격에 재능이 있다.

할리 아스트레이

제국 마술 학원의 베테랑 강사. 마술 명문 아스트레이 가문 출신. 전통적인 마술사와는 거리가 먼 글렌에게 공격적이다.

Character

마술

Magic

—

룬어라고 불리는 마술 언어로 구성한 마술식으로 수많은 초자연 현상을 일으키는
이 세계의 마술사에게 지극히 『당연한』 기술.
영창하는 주문의 구절과 마디 수,
템포, 술자의 정신상태에 따라 자유자재로 형태를 바꾸는 것이 특징.

교전

Bible

—

천공의 성을 주제로 삼은 지극히 아동 취향인 옛날이야기로 세계에 널리 퍼져있다.
그러나 그 소실된 원본(교전)에는
이 세계에 관한 중대한 진실이 적혀있다고 전해지며, 그 수수께끼를 좇는 자에게는
어째선지 불행이 닥친다고 한다.

알자노 제국 마술학원

Arzano Imperial Magic Academy

—

약 4백 년 전, 당시의 여왕 알리시아 3세의 주도로 거액의 국비를 투입해서
설립한 국영 마술사 육성 전문학교.
오늘날 대륙에서 알자노 제국이 마도대국으로 명성을
떨치는 기반을 만든 학교이자, 늘 시대의 최첨단 마술을 배우는
최고봉의 교육 기관으로서 주변 국가에 널리 알려져 있다.
현재 제국의 고명한 마술사 대부분이 이 학원의 졸업생이다.

막간1 타오르는 제도에서

"제국 1천년의 역사가 여기서 막을 내리는가."

남자는 파이프의 담배 연기를 내뱉었다.

마흔쯤 되어 보이는 은발 신사로, 몸에 걸친 양복은 주름투성이에 너덜너덜했다.

그런 남자가 초연히 서 있는 이곳은 웨스테리아스타 사원에 솟은 종탑의 최상층.

오랫동안 시간을 새겨온 거대한 종을 배경으로 삼은 남자는 바람을 맞으며 탑 안에 서 있었다.

종탑 아래로 보이는 광경은 마치 이 세상의 것이 아닌 듯했다.

한 마디로 표현하면 지옥.

바로 며칠 전까지만 해도 번영과 영광을 누리던 세계 유수의 대도시, 알자노 제국의 제도 오를란도는 현재 세계 유수의 묘비로 전락하고 말았다.

헤아릴 수 없이 많은 건물이 무너지고 불에 타들어가고 있었다.

대시계탑, 선샤인 개선문, 성 발디아 대성당, 제국 박물

관, 알자노 제국 대학 등 이 나라가 세계에 자랑하는 역사적 건물들이 붕괴하고 화마에 휩싸인 것이다.

제국 왕실 관련자들이 대대로 거처로 삼아온 펠도라도 궁전은 완전히 파괴되었다.

그런 파멸에 유린당한 시가지를 제 것처럼 활보하는 망자의 무리.

살아 있는(좀비) 시체가 됐음에도 안식을 누리지 못하고 죽음을 되풀이하는 가엾은 자들이 끝없는 공복감과 기아에 시달리며 사냥감을 찾아 배회하고 있었다.

타오르는 불꽃에 드러난 망자들의 무너진 얼굴은 그야말로 추함의 극치.

모든 것이 격변했지만, 로열 파크와 산타로즈 거리의 활기만큼은 오늘도 여전했다. 숨 막힐 듯한 썩은 내와 피 냄새와 신음이 넘치는 것만 제외하면.

"세상의 모든 죄를 짊어진 주여, 우리를 가엾이 여기소서."

절로 눈을 가리고 싶어지는 그 광경 앞에서 남자가 침통한 표정으로 어울리지 않는 성구를 읊은 순간.

"……여보."

뒤에서 목소리가 들렸다.

고개를 들리자 어느새 한 여성이 그곳에 서 있었다.

젊은 외모의 숙녀로, 몸에 걸친 드레스는 그와 마찬가지로 엉망이었지만, 그럼에도 기품이 넘치는 아름다움을 숨길 수는 없었다.

여성은 그의 아내이며, 올해로 열여섯 살이 되는 딸을 가진 어머니라고 하면 믿을 사람은 그리 많지 않으리라.

"필리아나인가. 무슨 일이야. 뭔가 진전이 있었어?"

자신을 부르러 온 아내의 등장에 은발 남자, 레너드 피벨은 약간 긴장한 표정으로 물었다.

"좋은 소식이에요. **그**가 이곳이라면 분명 잘될 거라고……."

"그, 그렇군!"

아내의 보고에 레너드의 표정이 약간 밝아졌다.

"그렇다면 이러고 있을 때가 아니지! 어서 빨리 **그**를 도우러 가야겠군!"

그렇게 말한 그는 필리아나와 함께 빠른 걸음으로 종탑의 계단을 내려갔다.

두 사람이 숨을 몰아쉬며 달려간 곳은 사원 안쪽에 있는 대예배당이었다.

파괴된 거대한 제단, 성인(聖印), 스테인드글라스 등의 잔해가 여기저기 흩어진 난잡한 공간이었으나 그곳에는 몇 명의 생존자가 모여 있었다.

예배당 구석에서 무릎을 끌어안은 채 모든 것을 체념한 눈빛을 한 금발 소녀.

그녀를 위로하듯 곁에 앉은 왠지 덧없는 인상의 소녀.

그런 소녀들과 약간 떨어진 곳에서 팔짱을 낀 채 벽에 기대고 있는 금갈색 머리의 여성.

그리고 예배당 중앙에 쪼그려 앉아 뭔가 작업을 하는 중인 금발 청년.

"휴이 군! 아내에게 들었네! 그 얘기가 사실인가?"

레너드가 약간 흥분한 목소리로 물으며 다가오자, 작업 중이던 금발 청년— 휴이 루이센은 레너드가 온 것을 확인하더니 천천히 고개를 끄덕였다.

"예. 저희가 찾고 있던 특수 영맥(레이라인)은 이곳을 통과하고 있습니다."

"그, 그런가……. 마침내 찾아낸 게로군!"

"예. 이걸 이용하면 이 제도에서 탈출할 공간 전이 법진을 펼칠 수 있습니다. 마술해석용 기재도, 시간도 없으니 솔직히 어디로 날아갈지는 알 수 없습니다만……."

"상관없네. 이런 탈출구가 없는 지옥이 된 제도보다는 나을 테니."

"예. 그리고 그 법진을 구축하려면…… 레너드 씨와 필리아나 씨, 두 분 같은 초일류 마술사의 협력이 필요합니다만."

"당연히 협력하고말고!"

레너드는 이 자리에 있는 모두를 돌아보며 힘찬 어조로 말했다.

"모두들! 어쩌다 보니 합류해서 협력하게 됐지만, 여기까지 정말 잘해줬네! 그 노력이 보답받았군! 우리는 살 수 있을 거야!"

그러자 모든 것을 포기한 눈으로 예배당 구석에 주저앉아 있던 금발 소녀가 아연실색한 표정으로 눈물을 흘리며 고개를 들었다.

"사, 살 수 있어……? 정말로…… 우리가 살 수 있는 건가요?"

"말했잖아. 희망을 버리지 않고 강한 의지를 품은 채 걸음을 멈추지 않으면 언젠가 길이 보일 거라고."

금발 소녀의 곁에 앉은 덧없는 인상의 소녀는 그 첫인상과 반대로 오히려 강한 심지를 가지고 있는 듯했다.

"너도 참 금세 포기하기는……. 울면서 그냥 주저앉으려는 네 손을 잡아끌고 달리는 게 얼마나 힘들었는지 아니?"

"미, 미안해. 네쥬. 이제 두 번 다시 어머니와 동생을 못 보게 될 거라고 생각하니 눈앞이 깜깜해져서……."

"사실 우리 대학에 저 망자들이 몰려오고, 지옥이 된 제도를 헤매고 있던 우리를 니나 씨가 구해주시지 않았다면 지금쯤……."

덧없는 인상의 소녀, 네쥬 디렉은 약간 떨어진 곳에 서 있는 금갈색 머리의 여성에게 시선을 돌렸다.

"그때는 정말 감사했어요, 니나 씨. 설마 그 위너스 상회의 젊은 회장님이 그토록 뛰어난 무술 실력을 지니셨을 줄은 상상도 못했는걸요."

"아하하, 옛날에 곁눈질로 좀 배운 정도지만 말이야."

금갈색 머리의 여성, 니나 위너스는 쑥스러워하며 웃었다.

"그래도 그 후에 운 좋게 피벨 부부와 합류하지 못했으면 위험했을 거야. 다시 한번 감사드려요. 미스터 레너드. 미시즈 필리아나."

"후훗, 곤란할 때는 서로 도와야죠."

"음. 사실 고마운 건 우리일세. 니나 양."

필리아나가 살포시 웃었고, 레너드는 감사를 표했다.

"사실 그녀는…… 우리 부부의 오랜 벗의 딸이라네."

레너드는 금발 소녀를 따스한 눈으로 바라보며 말했다.

"내가 젊었을 때 큰 신세를 진 벗일세. 그래서 어떻게든 그녀만은 이 위기에서 구해주고 싶었네만……."

"저와 남편이 달려갔을 때 이미 그녀들이 다니던 대학은 완전히 파괴된 상태였죠."

"그래서 마술로 겨우 그녀의 행적을 찾았지만…… 늦지 않아서 정말 다행이었지. 니나 양, 자네가 지켜준 덕분일세."

"아하하, 아니에요. 제가 무슨……."

겸양하는 니나에게 레너드는 겸연쩍은 표정으로 말했다.

"……사실 한심스럽게도 내가 한 일이라곤 그저 허겁지겁 달려온 것뿐. 지금 이렇게 제도를 벗어날 가능성을 찾아낸 건 전부 휴이 군 덕분이지."

"그러게요. 휴이 씨와 우연히 합류하지 못했다면 이곳을 탈출할 방법은 절대로 못 찾았을걸요."

이어서 필리아나가 약간 불퉁한 표정으로 남편의 팔을 쿡 찔렀다.

"당신의 그, 본인이 옳다고 믿는 길에 무턱대고 뛰어드는 버릇은 예나 지금이나 변함이 없네요."

"윽. 아픈 곳을 찌르는군, 내 사랑."

"그런 당신을 따라가야 하는 제 기분도 좀 생각해주면 안 될까요?"

"으, 으 으으으으으으음. 미, 미안해."

"하지만 전 그런 당신을 정말 사랑한답니다."

"여보오오오오오오오오오오오오오오오오오오오오오오!"

감동한 레너드는 오열하며 필리아나에게 안겼다.

제도에서 탈출하는 것을 목적으로 행동을 함께하는 이 일행의 리더는 레너드다.

이 중에서 가장 연장자인 것도 있지만, 탁월한 마술 실력과 상황 판단 능력 그리고 무엇보다도 그 과감함과 불굴의 의지로 자연스럽게 그 역할을 떠맡게 되었다.

여기 있는 모두가 지금까지의 경험으로 레너드를 신뢰하고 있었다.

하지만 그랬던 그가 아내 앞에서는 전혀 고개를 들지 못하는 모습에 네쥬는 그만 웃음이 나왔다.

"후훗, 레너드 씨는 왠지 **그 사람**을 닮았어요."

"응? ……**그 사람**이 누구야? 네쥬."

니나가 눈을 깜빡거리며 묻자 네쥬는 고개를 끄덕이며 대답했다.

"자세히 말씀드릴 수는 없지만…… 제국 대학에 다니기 전에 전 어떤 병에 걸려 절망에 빠져 있었어요. 하지만 어느 날 갑자기 나타난 **그 사람**이 막무가내로 절 구원해줬죠. ……말 그대로 자기 목숨을 걸고서요. 그래서 전 **그 사람**처럼 강해지고 싶어서…… 조금이라도 다른 사람을 구할 수 있는 의사가 되려고 대학에 들어온 거였어요."

"그런가. ……너한테는 정말 소중한 사람이겠네."

"……예."

네쥬는 행복한 얼굴로 고개를 끄덕였다.

"사실 나도…… 그런 사람이 있어."

"예? 니나 씨도요?"

"응. 어릴 적의 난 **그 아이** 덕분에 여러 의미에서 구원받을 수 있었어. 나한테 닥친 불합리한 운명을 **그 아이**는 강한 의지만으로 날려버려 줬지. 그 누구보다 멋있었던…… 내 최고의 『정의의 마법사』……. **그 아이**가 없었다면 분명 지금의 난 없었을 거야."

본인의 경험담을 밝힌 니나는 그리운 눈으로 레너드를 슬쩍 쳐다보며 웃었다.

"맞아. ……레너드 씨의 저 올곧은 면은 **그 아이**랑 좀 비슷할지도?"

"후후."

그러자 이번에는 예배당 중앙에서 법진을 구축하고 있던 휴이가 조용히 웃음을 흘렸다.

"……아, 웃어서 죄송합니다. 네쥬 씨와 니나 씨가 언급한 분의 성격이…… 왠지 제가 아는 **누군가**와 비슷하다는 생각이 들어서요."

"어? 휴이 씨한테도 그런 사람이……."

"예."

휴이는 작업을 멈추지 않고 그리움에 잠긴 목소리로 말했다.

"예전의 전…… 정말 구제할 도리가 없는 인간쓰레기였습니다. 스스로 아무것도 선택하지 못하고 상황에 떠밀려서 돌이킬 수 없는 잘못을 저지르려 했었죠."

"……."

"하지만 **그**에게 얻어맞은 덕분에 겨우 눈이 뜨였습니다. 아직 죗값을 치르는 도중이지만…… 지금은 제가 할 수 있는 일을 하고 싶군요. 그러는 게 **그**에게 입은 은혜를 갚는 길이라는 생각이 들어서 말입니다."

그리고 휴이도 레너드를 보며 쓴웃음을 흘렸다.

"그러고 보면 그의 강한 의지는…… 레너드 씨를 닮았을지도 모르겠군요."

"……그랬군요."

그러자 금발 소녀가 동경하는 목소리로 말했다.

"여러분은 정말 멋진 은인들을 만나셨군요. 저도 한 번쯤 만날 기회가 있으면 좋겠어요. 그런 강하고 훌륭하신 분들을……."

"……내 사랑 필리아나. 지금 혹시 나만 이상한 건가?"

하지만 레너드는 매우 떨떠름한 얼굴로 중얼거렸다.

"무척 영광스러운 일이긴 한데, 뭐랄까 방금 들은 이야기에서 기묘한 위화감이……. 왠지 내 귀여운 딸을 홀린 그 밉살스러운 마술강사의 얼굴이 드문드문 떠오르는 게……."

"어머, 이이도 참. 피곤한 거 아니에요?"

필리아나는 형언할 수 없는 직감으로 뭔가를 민감하게 눈치챈 레너드의 말을 가볍게 흘려버렸다.

그런 부부의 만담 같은 대화에 모두가 다시 한번 웃음을 터트렸다.

알자노 제국의 수도인 제도 오를란도에 《최후의 열쇠병단(울티무스 클라비스)》이라고 하는 망자의 군단이 들이닥친 뒤로, 생존을 걸고 지옥이 된 제도에서 필사적으로 도망쳐 다니던 그들에게 잠시나마 마음의 평안이 찾아온 순간이었다.

———.

"……잠시 후에 공간 전이 법진이 완성될 겁니다. 여러분, 탈출 준비를."

휴이가 바닥에 복잡기괴한 마술법진을 무시무시한 속도로 그리며 말하자, 잠시 휴식을 취하고 있던 일행이 굳은 표정으로 자리에서 일어났다.

"드디어인가. ……그건 그렇고 정말 가공할 실력이로군."

공간 전이 법진의 기초 술식 부분을 보조했던 레너드가 완성이 가까워진 법진을 다시 훑어보며 감탄한 목소리로 말했다.

"휴이 군. 솔직히 말해 자네는 공간 조작 마술의 천재일세. 자네 정도의 마술사가 여태껏 무명이었다니 믿을 수가 없군. ……자네는 대체 정체가 뭔가."

"죄송합니다, 레너드 씨. 저에 관한 건 나중에 반드시 말씀드리겠습니다. 하지만 지금은……."

"알고 있네. 우리가 여기까지 올 수 있었던 건 전부 자네 덕분이니 이제 와서 정체가 무엇이든 난 자네를 믿겠네."

"……감사합니다."

"음. 그래, 그럼 법진의 마지막 작업을……."

손끝에 마력을 담아 새로운 술식을 바닥에 그리려 했던 레너드가 갑자기 동작을 멈추고 일어났다.

"……여보?"

"필리아나. 미안하지만, 나 대신 작업을 부탁하오."

왠지 사나운 표정으로 아내에게 그렇게 부탁한 순간.

챙그랑!

뭔가 유리 같은 것이 깨지는 소리가 주위에 울려 퍼졌다.

그와 동시에 영적인 감각이 뛰어난 마술사라면 이 장소를 지키고 있던 보이지 않는 힘이 사라졌음을 눈치챘을 터.

"어? 방금 그건…… 설마! 제가 이 사원을 망자들로부터 지키기 위해 펼친 성역 결계가 깨진 건가요?!"

즉시 필리아나가 경악했다.

"모두 물러나 있게."

레너드는 일행을 지키듯 한 발짝 앞으로 나섰다.

무거운 긴장감이 감도는 가운데, 잠시 후 정면의 문 쪽에서 이 예배당을 향해 누군가가 천천히 다가오는 발소리가 들려왔다.

이윽고 경첩이 삐걱거리는 소리와 함께 문이 열리고 등장한 것은 검은 상복을 입은 여자였다.

물에 젖은 까마귀 깃털을 연상케 하는 흑발과 흑안, 흡사 시체가 떠오르는 병적일 정도로 새하얀 피부. 눈동자 속에서 소용돌이치는 것은 어슴푸레한 광기와 어둠. 그 자리에 존재하는 것만으로도 주위의 어둠이 한층 더 짙어지는 듯한 저 여자의 이름은…….

"엘레노아 샤레트…… 자네도 참 끈질긴 여자로군."

레너드는 전투태세를 취하며 거칠게 말을 뱉었다.

"몇 번을 말하지만 **그녀**는 넘길 수 없네."

그의 차가운 대응에 상복을 입은 여자, 하늘의 지혜 연구회 제2단 《지위(어뎁터스 오더)》 엘레노아 샤레트는 마치 검은 종이 위에 붉은 선을 그은 것 같은 미소를 지으며 대답했다.

"그럴 수는 없지요."

엘레노아는 겁에 질린 금발 소녀를 차갑게 흘겨보았다.

"평안하셨나요? 레닐리아 엘 켈 알자노 **왕녀 전하**. 제가 다시 모시러 왔답니다."

"히익?!"

"당신은 그분의…… 대도사님의 곁에 있어야 할 분. 당신의 몸은 만에 하나의 사태를 대비한 루미아 틴젤의 대용품(스페어). 보험. 자, 이리 오십시오. 전하. 당신은 위대한 대도사님의 비원을 달성하기 위한…… 이 세상을 구제하기 위한 초석이 될지도 모르는 그릇이니까요. 참 영광스럽지 않나요?"

"초석……? 대도사……? 그게 대체 뭔데요!"

금발 소녀, 레닐리아는 손으로 감싸 쥔 머리를 거칠게 흔들며 외쳤다.

"당신은 대체 정체가 뭐죠?! 대체 왜 이토록 절 집요하게 노리는 거냐구요!"

그렇다.

사실 이때까지 그들의 여정은 시종일관 이 엘레노아의 마수에서 벗어나기 위한 사투였다.

집요할 정도로 추격하는 그녀를 간신히 뿌리치고 도착한 곳이 다름 아닌 이 예배당이었던 것이다.

"악당이 하는 소리에 귀를 기울이지 말게."

레너드가 레닐리아를 손으로 제지하며 앞으로 나섰다.

"자, 그럼 제도가 이렇게 된 후로 자네와 대치한 게 이번으로 몇 번째지?"

"글쎄요. 뭐, 이미 이루어 헤아릴 수도 없을 정도로 잦은 만남을 갖기는 했죠."

"공교롭게도 나에겐 아내뿐일세. 자네처럼 젊고 아리따운 여성에게 정열적인 어프로치를 받는 건 사내로서 무척 기쁜 일이지만…… 슬슬 포기하지 않겠나."

"약탈애야말로 사람을 더 불타오르게 하는 법이라고 하잖아요? 사실……."

엘레노아가 양손을 펼치자, 불온한 마력이 단숨에 강해지며 주위에 수많은 『문』이 열렸다.

"……제가 손에 넣고 싶은 건 레닐리아 전하지만요!"

아아아아아아아아아아아아아아아아아아아아아아아아아아아!

그『문』에서 대량의 망자가 쏟아져 나왔다.

밖을 배회하는 망자들과 달리 살이 전부 썩어 문드러진 탓에 생전의 모습은 알아볼 수 없지만, **어째선지 전원이 여**

성의 시신이었다.

그런 끔찍한 여성형 좀비들이 밀집 진형을 이루며 레너드 일행을 향해 일제히 쇄도했다.

"흥."

하지만 레너드는 천천히 왼손을 휘둘렀다.

레너드는 그 왼손의 검지에서 소지까지 총 네 개의 반지를 끼고 있었고 반지의 보석이 적, 청, 황, 녹색으로 빛난 순간. 육신을 불사를 듯한 맹렬한 화염이, 영혼이 얼어붙을 듯한 눈보라가, 거대한 뱀처럼 꽈리를 트는 전격이, 날카로운 진공 칼날이 쏟아졌다.

충격음.

무영창으로 동시에 발동한 4개의 공격 주문(어설트 스펠)이 엘레노아를 포함한 망자의 군세를 처절하게 쓸어버렸다.

"……내 눈에 흙이 들어가기 전엔 그녀와의 교제는 인정할 수 없지."

레너드는 왼손에 남은 마력의 잔재를 털어내며 위풍당당하게 선언했다.

"이제 자네의 정체나 전하를 노리는 목적 따윈 내 알 바 아닐세. 그저 한 명의 마술사로서, 여왕 폐하께 충성을 맹세한 일개 제국민으로서 눈앞에 있는 적을 멸할 뿐."

"우후훗. 변함없이 굉장한 마도의 업. 과연 레너드 피벨 님. 특무분실의 집행관들에 필적할 만한 실력이네요."

레너드의 마술에 당한 엘레노아는 상체의 절반이 탄화되고 팔은 잘려 나간 데다 하반신이 꽁꽁 얼어있는 상태였다.

파괴된 얼굴의 절반은 뼈까지 드러났을 정도다.

하지만 치명상을 입었을 터인 엘레노아의 육체는 곧 급속도로 수복되었다.

주위에 고인 어둠이 모여들어 그 처참한 상처를 흔적도 남기지 않고 치유한 것이다.

"아아, 참으로 정열적이고 격렬한 어프로치…… 몸이 달아오르네요. 진심으로 당신을 제 것으로 삼고 싶어져서 곤란하잖아요."

이윽고 완전한 모습으로 돌아온 엘레노아는 상복의 치맛자락을 집어 올리며 우아하게 고개를 숙였다.

'큭…… 역시 통하지 않나.'

레너드는 이를 악물었다.

제도가 무너진 후 지금까지 그는 레닐리아를 노리는 엘레노아와 몇 차례나 교전을 치렀다.

하지만 그때마다 치명상을 입혀도 엘레노아는 죽지 않았다. 불사신이었다.

그녀가 사령술로 소환하는 망자의 수도 끝이 없었다. 그야말로 무한에 가까웠다.

레너드 역시 알자노 제국에서는 손꼽히는 실력의 고위 마술사.

마술사로서의 기량이 엘레노아보다 뒤떨어진다는 생각은 추호도 없었지만, 상대가 불사신인 데다 동원할 수 있는 병력조차 무한하다면 결과는 눈에 보이듯 뻔했다.

실제로 현재 레너드의 마력은 거의 한계였다. 이대로면 마나 결핍증을 일으키리라.

하지만 아직 엘레노아가 쓰는 힘의 정체가 대체 무엇인지 짐작조차 할 수 없었다.

'크, 좋지 않군. 시간이 조금만 더 있었으면 이 제도를 벗어날 수 있었건만……!'

허공에 계속 『문』을 열며 망자들을 소환하기 시작하는 엘레노아 앞에서 레너드는 다시 이를 악물었다.

""""크아아아아아아아아아아아아!""""

그리고 재소환된 망자 중 하나가 짐승처럼 달려든 순간.

"레너드 씨!"

재빠르게 끼어든 니나의 뒤돌려 차기가 망자를 날려 버렸다.

"조금만 더 버티면 돼요! 휴이 씨가 법진을 완성할 때까지 어떻게든 시간을 벌어보죠!"

니나는 제국식 군대 격투술의 기본형을 잡으며 옆에 나란히 섰다.

도저히 일반인이란 생각이 들지 않는 세련된 움직임이었다.

최근 나는 새도 떨어트릴 기세로 성장하고 있던 대형 상회의 젊은 여사장이 왜 이런 전투 스킬을 익히고 있는지 의문이었지만.

"음, 그래! 법진과 레닐리아 전하께는 단 한 걸음도 접근하게 둬선 안 되겠지!"

레너드가 다시 반지를 낀 왼손을 휘두르자, 불꽃 폭풍이 파도처럼 밀려오는 망자 무리를 밀어붙였다.

보석을 촉매로 강력한 무영창 어설트 스펠을 즉시 발동하는 이 마술은 그만이 쓸 수 있는 일종의 고유마술(오리지널)이었다.

그 절기(絕技)가 일으킨 파괴에 단말마가 울려 퍼지고 살이 타는 역겨운 냄새가 풍겼다.

"하앗!"

그리고 간신히 그 여파를 벗어난 망자의 머리를 니나가 발차기로 파괴했다.

"레, 레너드 씨?! 니나 씨?!"

"지금이에요, 휴이 씨! 남편과 니나 씨가 시간을 버는 이 틈에!"

"큭! 아, 알겠습니다. 그게 지금 제가 해야 할 일이겠지요!"

그사이에 휴이와 필리아나가 법진 구축을 속행했다.

"네, 네쥬…… 우리도."

"응! 마력 공급을 보조하는 정도라면 우리도 할 수 있으니까!"

제1장 바닥이 보이지 않는 절망

"이이이이이이이이야아아아아아아아아아아아아아아아압!"

오늘도 지옥 같은 전장을 푸른 섬광으로 변한 작은 체구의 소녀가 질주하고 있었다.

빠르게 돌파하는 동시에 대검을 휘둘러 파도처럼 밀려오는 망자의 군세를 종잇장처럼 찢어발기며 밀어붙였다. 산산조각으로 무너트렸다.

그 소녀가 검을 한 번 휘두르면 그 참격은 **천리(千里)를 달렸다.**

비유가 아니라 그야말로 기적 같은 검술.

마술에 의존한 기술이 아니기에 원리는 아무도 알 수 없었다.

그저 실제로 검으로 구현할 수 없는 현상을 일으켜 지평을 가득 메운 채 몰려드는 망자들을 모조리 쓸어버릴 뿐.

일기당천이란 단어는 바로 그녀를 위한 것이 아닐까.

그리고 모든 절망을 고작 검 한 자루로 쓸어버리는 그 모습에 희망을 느끼지 못하는 이는 없었다.

"그녀를 따르라!"

"그래! 우리의 《검의 공주》 리엘 레이포드를 따르라아아아아아아아아아아!"

""""우오오오오오오오오오오오오오오오오오오오오오오오!""""

늘 최전선에 서서 홀로 적을 막아내고 있는 소녀— 리엘.

그런 그녀의 모습에 자극받아 분연히 일어선 제국군 병사들도 망자의 군세를 필사적으로 밀어내고 있었다.

————.

르바포스 성력 1853년 그람의 달 13일에 시작된 하늘의 지혜 연구회의 최종 계획 『최후의 열쇠(라스트 오더)』 작전.

파죽지세로 제도 오를란도를 함락시킨 망자의 군세, 《최후의 열쇠병단》은 제국 동부 국경선 너머의 레자리아 왕국에서 유입 중인 대량의 망자가 도착하는 것을 기다린 후 산발적으로 남하를 개시했다.

제도 함락으로부터 15일 후, 그람의 달 28일 아침.

《울티무스 클라비스》의 선발대가 알자노 제국의 최종 거점인 학원도시 페지테의 북쪽에 있는 아르그 구릉에 도착.

하지만 제국군의 잔존 병력인 1만 5천은 그곳에서 최후의 방어선을 펼친 채 적군과 격돌했고, 제국 궁정 마도사단 특무분실의 집행관 넘버 7《전차》 리엘 레이포드를 중심으로 간신히 비등한 상태를 유지할 수 있었다.

그리고 운명의 날인 오늘, 그람의 달 30일.

마침내 고착 상태에 빠진 전황이 움직이기 시작했다.

———.

사느냐 죽느냐.

지금 이 순간 다양한 형태의 삶과 죽음이 소용돌이치는 이 전장에서 쉴 새 없이 검을 휘두르고 있는 리엘은 사실 자신이 처한 상황을 잘 파악하지 못하고 있었다.

'영웅? 구세주? 기적의 검? 검의 공주? 모두가 날 그렇게 불러. 하지만…… 난 잘 모르겠어.'

리엘은 지금 본인이 얼마나 많은 이들의 정신적 지주가 되어 있는지, 희망의 빛이 되고 있는지 모르고 있었다.

지금 본인이 어떤 기적을 일으키고 있는지, 전쟁사의 상식을 뒤엎는 얼마나 압도적인 전과를 올리고 있는지 전혀 모르고 있었다.

그러하기에 지금 본인이 하는 일에 자긍심이나 사명감을 갖기는커녕 영웅이니 구세주니 뭐니 하는 칭호에도 전혀 관심이 없었다.

사실 그녀는 그저 「빛」을 따르고 있을 뿐이었기에.

'내 눈에는 보여. 내가 휘두른…… 검 끝에서 퍼져 나가는 황금색 빛이.'

언제부터였을까.

무엇이 계기였을까.

어느새 리엘은 자신이 휘두른 검 끝에서 「빛」을 볼 수 있게 되었다.

그 빛의 존재를 확실히 자각한 건 자유도시 밀라노에서 저티스가 일으킨 【사신 소환 의식】의 여파로 발생한 대량의 《뿌리》를 토벌할 때였던가.

그것은 그녀 외에는 아무도 볼 수 없는 그녀만의 「빛」이었다.

저물어가는 노을처럼 아름답고 왠지 쓸쓸한 황금색 검광.

그 「빛」을 휘두르면 원래는 벨 수 없는 것을 벨 수 있었다.

거리 따윈 상관없었다.

신기하게도 그 「빛」이 보이게 된 후부터 「고작 검이 닿지 않는 정도로 사물을 베지 못할 리 없다」는 기묘한 실감과 확신이 생기게 되었다.

하물며 이제 와서는 「벤다는 행위의 대상은 정말 사물뿐일까」라는 의문마저 품게 되었다.

애초에 「궁극적으로 벤다는 행위에 검은 필요 없는 게 아닐까」 하는 의문도.

왜냐하면 진정한 「검」이라는 것은, 「벤다」는 개념이라는 것은…….

'……응. 난 역시 잘 모르겠어.'

깨달음을 앞에 두고서 리엘은 더 생각하는 것을 포기했다.

고금동서 전 세계의 모든 검사가 생애를 걸고 추구했지만, 결국 닿지 못했던 「궁극」의 영역까지 겨우 한 걸음을 남겨둔 상태에서 미련 없이 시선을 돌렸다.

아무래도 상관없었다.

리엘에게 그런 건 그리 중요한 일이 아니었기 때문이다.

그녀에겐 더 단순하고 중요한 일이 있었다.

'이 황금색 빛이 있으면…… 모두를 지킬 수 있어.'

싸우는 그녀의 머릿속에 떠오른 것은 글렌과 루미아와 시스티나와 세리카, 그리고 카슈와 웬디와 기블과 테레사와 린과 세실을 비롯한 알자노 제국 마술학원의 동료들.

그 밖에도 신세를 지고 도움을 받은 사람들이었다.

입바른 말로도 머리가 좋다고 말할 수 없는 리엘이 검을 휘두르는 이유야 지극히 단순했다. 영웅이나, 검의 진수 같은 어려운 건 전혀 관계없었다.

'내가 좋아하는 모두와…… 그 모두가 있을 곳을 지킬 거야!'

오직 그 생각만을 품고 리엘은 검을 휘둘렀다.

그 검 끝에서 뿜어져 나온 황금색 검광이 단숨에 지평선 너머까지 닿으며 그 간격 안에 있는 모든 적을 거짓말처럼 베어버렸다.

그러자 굉음이 울리는 동시에 피가 분수처럼 솟구치며 전장에 시산혈해를 이루었다.

구역질이 치미는 악취와 처참하기 짝이 없는 그 광경 앞에서도 리엘은 멈추지 않았다. 물러서지 않았다.

'지켜봐줘, 글렌! 나…… 힘낼게!'

"이이이이이이야아아아아아아아아아아아아아아아아아압!"

지금 여기에 없는 가장 소중한 사람에게 마음속으로 강하게 다짐한 리엘은 치열한 최전선을 단독으로 돌파했다.

――――.

"응? 끝이야?"

전투에 몰입했던 리엘이 정신을 차리고 보니 이미 하늘에 선 해가 저물어가고 있었다.

그리고 저녁노을에 타오르는 이 붉은 전장에 두 다리로 서 있는 망자는 단 하나도 없었다.

단독으로 적진을 돌파한 그녀의 후방에는 제국군의 병사들이 서 있었다.

"이겼다…… 이겼다고!"

"오늘도 버텨냈어! 저 악몽 같았던 대군을……!"

""""와아아아아아아아아아아아아아아아아아아아아아아아아아아아아!""""

그들은 그제서야 승리를 실감한 건지 함성을 내지르기 시작했다.

"……응. 좀 피곤하네."

하지만 그런 병사들의 반응 따윈 전혀 안중에 없는 리엘이 연금술로 연성한 대검을 해주(디스펠)하자, 마나 입자로 변한 대검이 황혼의 햇살을 반사해 반짝거리며 사라졌다.

"……고생했어, 리엘."

그런 리엘에게 한 소녀가 다가왔다.

같은 특무분실 예복을 입고 허리에는 도(刀)를 찬 같은 나이대의 소녀였다.

제국 궁정 마도사단 특무분실 집행관 넘버 10《운명의 수레바퀴》엘자 빌리프.

명목상으로는 리엘의 부하지만 실제로는 그녀의 감시역이었다.

"오늘도 네 덕분에 적의 공세를 막아낼 수 있었어."

"그래? 난 잘 모르겠는데."

"아하하, 넌 여전하구나."

제국의 희망의 별인 영웅이 됐음에도 리엘은 전혀 변함이 없었다.

그게 왠지 우스워서 절로 웃음이 나왔다.

"하지만…… 분하네. 검사로서는 너와 너무 큰 차이가 생겨버려서."

전장을 둘러본 엘자는 조금 복잡한 표정으로 쓴웃음을 지었다.

그곳에는 리엘이 혼자서 해치운 적이 지평선 너머까지 쌓여 있었다.

"……어떻게 해야 검 한 자루로 이런 일이 가능한 걸까?"

"응. 난 검 끝에 뭔가 이상한 빛이 보이거든. 아마 그거 때문일 거야."

"음~ 역시 잘 모르겠어. 몇 번을 봐도 네가 휘두르는 검에 빛 같은 건 안 보였는걸."

엘자는 더더욱 이해할 수 없다는 듯 고개를 갸웃거렸다.

"그러고 보니…… 옛날에 아버지가 「극한까지 검을 연마한 검사는 자신만의 빛을 얻게 된다」고 한 적이 있었는데…… 혹시?"

"난 잘 모르겠지만."

리엘은 생각에 잠긴 엘자를 물끄러미 쳐다보았다.

"아마…… 너도 언젠간 그 이상한 빛이 보이게 될 거야."

"어? 무, 무슨 근거로?"

"감."

"아, 아하하……."

리엘이 감정이 드러나지 않는 얼굴로 진지하게 말하자 엘자는 다시 웃음이 나왔다.

솔직히 말하면 너무나도 강대한 힘을 얻은 리엘에게, 이제는 검술이라고 부를 수조차 없는 기적을 행사하는 리엘에게 엘자는 처음엔 적지 않은 공포를 느꼈었다.

하지만 리엘은 아무것도 변한 게 없었다. 무뚝뚝하고, 표정이 없고, 여전히 순진무구했다.

어쩌면 그런 그녀이기에 자신들에게는 보이지 않는 「무언가」가 보인 게 아닐까.

"자, 철수하자. 리엘."

그런 신기한 친구를 마지막까지 지켜보자는, 그녀의 등을 계속 좇아가보자는 새로운 결심을 품게 된 엘자는 리엘의 손을 잡아당겼다.

"돌아가면 좀 씻어. 이러다 병 걸리겠어."

"……응."

적의 피로 물든 리엘은 얌전히 엘자를 따라서 걸었다.

주위에 있던 병사들도 전후처리를 하며 철수하기 시작했다.

그렇게 전장의 긴장된 분위기가 풀어진 바로 그 순간.

"……?!"

리엘이 갑자기 걸음을 멈추었다.

"리엘?"

엘자가 뒤를 돌아봤지만, 어느새 리엘은 다시 대검을 연성해서 시체가 쌓인 평원 너머를 겨누고 있었다.

"왜, 왜 그래? 리엘. 오늘은 이제 적이……."

엘자가 고개를 살짝 갸웃거린 순간.

전장의 공기가 무겁게 얼어붙었다.

“하……으…….”

이상한 감각이었다.

엘자도. 이 자리에 있는 모든 병사들도.

마치 그 순간 세상의 모든 공기가 고체로 변한 것처럼 움직임을 멈춰버렸다. 숨을 쉴 수가 없었다.

물론 어디까지나 사실이 아니라 비유다.

즉, 이것은 생존 본능을 따른 능동적 반응이었다.

야생에서 먹이사슬 상위에 있는 포식자를 마주친 피식자가 보일 수 있는 최후의 반응. 즉, 포식자의 주의가 다른 쪽으로 기우는 가능성을 조금이라도 높이기 위해 모든 행동을 멈추고 굳어버리는 본능적인 선택이었던 것이다.

이 얼어붙은 공기의 정체는 바로 그것이었다.

본능을 따라 조용해진 제국군 앞에서, 이중 유일하게 인간의 이성으로 본능을 부정하고 검을 겨눈 리엘 앞에서 **그 인물**은 서서히 모습을 드러냈다.

그것은 피의 색일까, 아니면 저물어가는 태양의 색일까.

붉은색과 황금색이 뒤섞여 극채색으로 타오르는 전장.

구릉의 능선을 더 선명하게 불태우는 듯한 지평선에 반쯤 가라앉은 해의 눈부신 붉은색을 등지고 역광으로 검게 타버린 그 인물은 마치 산책이라도 하는 것처럼 이쪽을 향해 걸어오고 있었다.

이쪽을 향해 무한히 뻗은 그림자를 마치 카펫처럼 밟으며 느리지만 확실한 걸음걸이로 다가오고 있었다.

"~♪ ~~~~♪ ~~♪"

그 인물은 어지간히 신이 났는지 거리가 가까워지자 콧노래까지 들리기 시작했다.

전혀 서두르지 않았다. 본인의 페이스로 천천히 걸어올 뿐.

그래서 제국군이 도망칠 시간은 사실 충분하고도 넘쳤지만, 아무도 움직일 수 없었다.

이 자리에 있는 모든 인간의 이성이 비명을 질렀다.

위험하다. 도망쳐라. 싸우지 마라. 괴물. 거역하지 마라. 저것은 인간이 상대할 수 없는 존재다, 라고.

하지만 이성이 아무리 그렇게 명령을 내려도 생존 본능이 그것을 부정했다.

마치 이대로 숨조차 내쉬지 못하고 굳어 있는 것이야말로 살아남을 가능성이 가장 높은 방법이라고 판단을 내린 것처럼.

이윽고 전술 거리상 접촉이라 부를 수 있는 위치에 도달한 그 인물이 걸음을 멈추었다.

역광 때문에 제대로 보이지 않았던 모습이 겨우 드러났다.

기동성을 중시한 가벼운 갑옷과 외투와 서코트…… 마치 옛 기사와 같은 차림을 한 젊고 아름다운 소녀였다.

허리에 검 한 자루만 찬 채, 다듬지 않은 푸른 머리카락을 목덜미 위치에서 적당히 묶어 내린 그녀의 외모에서 가장 주목할 부분은 얼굴이었다.

그녀의 얼굴은…….

"……리, 리엘?"

엘자와 병사들 사이에 더 큰 동요가 퍼져 나갔다.

그렇다. 그 인물의 얼굴은 지금까지 그들이 영웅, 희망의 별이라 숭배했던 리엘 레이포드와 똑같았던 것이다.

"……공주?"

리엘이 눈을 깜빡거리며 중얼거렸지만, 곧 날카로운 시선을 보냈다.

"아니, **공주**가 아니야. ……넌 누구야?"

피아의 거리는 약 십몇 미트라.

모든 것이 얼어붙은 이 세계에서 홀로 약자이기를 거부한 리엘이 빈틈없이 검을 겨누며 물었다.

"난 엘리에테. 엘리에테 헤이븐."

소녀는 선선히 정체를 밝혔다.

하지만 그 이름을 들은 순간, 병사들이 더 크게 동요하기 시작했다.

"에, 엘리에테……라고?"

"저 소녀가…… 그?"

17일 전, 동쪽에서 국경을 넘은 망자의 군단을 요격한 제국군의 정예 3만을 겨우 검 한 자루만 들고 전멸시켰다는 괴물.

이 시대에 부활한 《6영웅》의 일원 《검의 공주》 엘리에테.

모두가 숨을 쉬는 방법조차 잊은 듯 넋을 잃고 서 있는 가운데, 리엘은 날카로운 질문을 던졌다.

"다시 말해…… 적이라는 거지?"

"맞아. 지금의 난 《울티무스 클라비스》의 일원이자 세계의 적."

엘리에테는 방긋 웃었다.

"예정보다 좀 이르지만…… 오늘은 이대로 해가 질 때까지 여기 있는 사람들을 벨 수 있는 만큼 벨 생각이야. 아무튼 이대로면 슬슬 검에 녹이 슬 것 같거든. 사실……."

그리고 웃음을 지우지 않은 채 제국군을 흘겨보았다.

"그 전에 전부 벨 수 있지 않으려나? 그럼 남은 시간 동안 페지테 시민들이나 베지 뭐. 반복 연습은 중요하니까. 응, 그러자."

마치 저녁 식사 메뉴를 떠올리는 듯한 가벼운 말투였지만, 이 자리에 있는 모두는 본능적으로 깨달았다.

저 소녀의 말에는 한 치의 거짓도 없다고. 전부 진심이라고.

그리고 그녀에겐 그럴 만한 힘이 있다고.

"그렇겐 못 해."

하지만 리엘이 보기 드문 짜증스러운 목소리로 반박했다.

"뭐…… 보통은 그런 반응을 보이겠지."

그러자 엘리에테는 여전히 미소를 머금은 채 리엘을 바라보았다.

"응. 네가…… 소문의 그 리엘이지?"

"……."

리엘은 아무 대답도 하지 않았다.

해치워야 할 적이 입에 담는 말에는 아무런 의미도 없다는 듯 엘리에테를 정면에서 노려보았다.

하지만 엘리에테는 개의치 않고 리엘을 지그시 관찰하다 입을 열었다.

"기쁘네. 드디어 찾았어."

"……?"

"드디어……드디어…… 내 영역에 설 수 있는 검사를…… 찾았어."

더더욱 영문을 모르겠다는 듯 눈살을 찌푸린 리엘을 마치 연인을 바라보는 것 같은 눈으로 응시했다.

"넌 「보이는」 거지? 네가 휘두른 검 끝에서 퍼져 나가는 황금색 빛이……."

최고의 환희와 함께 엘리에테의 몸이 흔들렸다.

소름 돋을 정도로 아름다우면서도 세밀한 동작으로 검을

뽑고 마치 연습이라도 하는 것처럼 검을 붕 휘둘렀다.

단지 그것뿐.

하지만 리엘의 눈에는 **보였다.**

엘리에테가 휘두른 검 끝에서 내뿜어진 압도적인 황금색 빛이.

"으아아아아아아아아아아아아아아아아아아아아아아아앗!"

그 순간, 리엘은 온 힘을 다해 전신의 관절과 근육을 쥐어짜서 대검을 휘둘렀다.

가능한 한 최대의 출력으로 황금색 빛을 방출했다.

막기 위해서도, 적을 베기 위해서도 아니라 **지키기 위해.**

엘리에테가 검광을 날린 목표는 리엘이 아니었다.

후방에서 굳어 있는 제국군 병사들이었다.

남들에게는 보이지 않는 검광이, 압도적인 빛이 아무것도 모르는 병사들의 머리 위로 가차 없이 쏟아지기 직전. 리엘이 옆으로 날린 검광과 충돌했다.

허공에서 힘을 겨루는 두 개의 검광.

원래는 보이지 않는 그것들이 서로 충돌하며 특수한 반응을 일으킨 건지 교차점에서 섬광이 터지며 세상을 새하얗게 불태웠다.

그리고 충격음.

거기서 발생한 무시무시한 운동 에너지가 폭풍을 일으키며 병사들을 휩쓸었다.

고함, 비명, 소음, 혼란, 소란.

그렇게 혼돈의 도가니로 변한 전상에 엘리에테의 봄바람 같은 미소가 꽃을 피웠다.

"그것 봐. **보이잖아.**"

"……!"

으득!

그 감정 없는 가면 같은 표정의 리엘이 이를 드러내고 분노하며 엘리에테를 노려보았다.

"아아아아아아악! 아파! 너무 아파!"

"도, 도르크……? 정신 차려! 너…… 지, 지금 장난하는 거지?"

"사, 살려…… 누가 나 좀 살려줘……. 커헉! 쿨럭!"

뒤에서는 미처 상쇄하지 못한 검광에 노출돼 팔다리를 잃은 자들이 몸부림치고 있었다. 이미 숨이 끊어진 자도 있었고, 인간의 형태조차 유지하지 못하는 이도 많았다.

"제법이네, 리엘."

하지만 엘리에테는 자신이 일으킨 참상 따윈 안중에도 없다는 듯 진심으로 기대돼서 참을 수가 없다는 표정으로 웃고 있었다.

"일단 뒤에 있는 저 떨거지들을 반쯤 쓱싹해버릴 생각이었는데 멋지게 막혀버렸지 뭐야? 상정했던 것의 1할밖에 못 죽였어."

그 얼굴을 본 순간, 리엘은 온몸이 떨리는 듯한 격노에 사로잡혔다.

그 특수한 내력 때문인지 원래 리엘은 남들보다 감정이 희박한 편이다.

하지만, 이 엘리에테라는 순수악 앞에서는 태어나서 처음으로 「꼭지가 돌아버렸다」.

자신과 똑같은 얼굴을 한 이 여자는.

—이 여자만은 절대로 살려둘 수 없어!

"엘리에테에에에에에에에에에에에에에에에에에에에에에에!"

땅을 박찬 리엘이 엘리에테를 향해 빠르게 질주했다.

불꽃 같은 격정이 등을 떠민 그 움직임은 리엘 생애 가장 빠른 돌진이었다.

대검을 세워들고 온몸의 탄력을 실어 전력을 다해 휘두른다.

감정을 실었으면서도 기검체(氣劍體)가 완전히 일치한 리엘 생애 최고의 참격.

그 일격에서 발생한 검광 또한 궁극.

리엘이 검광을 개안한 후로 가장 강렬하고 환한 빛이 엘리에테를 불태울 듯 집어삼켰다.

"응? 뭐야 이게. 좀 유감이네."

하지만 왠지 실망한 듯한 목소리와 함께 가볍게 몸을 흔든 엘리에테는 리엘의 옆을 스쳐 지나가며 검을 빙글 회전시켰다.

그러자 다시 허공에 두 개의 검광이 교차했고, 특수한 간섭을 통해 발생한 빛이 세상을 뒤흔들며 하얗게 물들였다.

이윽고 그 빛이 사라진 순간.

투둑!

뭔가가 바닥에 떨어지는 둔탁한 소리가 전장에 울려 퍼졌다.

"......?"

처음 리엘은 무슨 일이 일어난 건지 이해할 수 없었다.

자신이 앞으로 쓰러졌다는 사실을 인식할 때까지 상당한 시간이 걸렸다.

적 앞에서 넘어지다니 치명적인 실수다.

황급히 다시 일어서려고 팔다리에 힘을 넣었다.

하지만 일어설 수 없었다. 힘이 들어가지 않았다.

"……어?"

애초에 팔다리에 감각이 없었다. 움직이려는 감각은 있었지만, 어째선지 육체와 실제 동작에 결과가 반영되지 않았다.

마치 공기 속을 허우적대는 것처럼.

"으…… 아……?"

반쯤 혼란에 빠진 상태로 몸을 내려다보자, **두 팔이 없었다. 다리도 둘 다 없었다.**

"아…… 으, 아…… 아, 아…… 아아아……?"

아아, 그야 반응이 **없는** 게 당연했다.

리엘이 떨면서 고개를 들자, 팔다리가 눈앞의 바닥 여기저기에 마치 쓰레기처럼 굴러다니고 있었으니까.

그 잔혹한 사실을 머리로 이해한 순간.

"아. 아아아. 아아악!"

결국 절망을 견뎌내지 못한 리엘은 그저 비명만 지르며 울부짖을 수밖에 없었다.

"아하하, 걸작이네. 지금 넌 무슨 애벌레 같아!"

꼴사납게 바닥에 널브러진 리엘을 흘겨본 엘리에테가 쿡쿡 웃음을 흘렸다.

“……거, 거짓말이지?”

“리엘 씨가…… 겨우 한순간에……?”

믿을 수 없는, 믿고 싶지 않은 광경을 목격한 제국의 장병들은 부상으로 인한 고통도 잊은 채 망연자실 서 있을 수밖에 없었다.

“리, 리엘…….”

가장 먼저 충격에서 벗어난 엘자가 충동적으로 도에 손을 가져다 댔다.

“너, 너어어어어어어어어어어어어어어어!”

그리고 끓어오르는 격정에 몸을 맡기고 엘리에테의 등을 향해 달려들어 발도술을 날린 순간.

툭.

한순간 시야가 붕 뜬 듯한 느낌과 함께 목이 바닥으로 떨어졌다.

‘……아.’

목이 잘린 엘자가 흐려져 가는 의식 속에서 마지막으로 본 건 스무 개 이상의 육편으로 해체되어 바닥에 흩뿌려진 자신의 몸이었다.

———————.

"응? 너. 안색이 안 좋네?"

"헉?! 아……."

바로 눈앞까지 가까워진 엘리에테의 얼굴을 본 순간, 엘자의 의식이 현실로 돌아왔다.

'모, 목이 붙어 있어? 몸이 잘게 썰리지도 않았고?'

그녀의 몸은 도에 손을 댄 자세 그대로 석상처럼 굳어 있었다.

심장이 터질 듯한 감각과 함께 폐가 찢어질 듯 거친 숨을 몰아쉬며 자신이 무사한 것을 확인한 엘자는 온몸에서 힘이 쭉 빠져나가는 것을 느꼈다.

'방금 그건…… **죽음의 이미지**? 이 여자를 향해 검을 뽑은 순간, **그렇게 될 거라는**…… 내 생존 본능이 보여준 예지에 가까운 이미지인가……?'

이제 더 이상 엘리에테를 적대할 용기는 남아 있지 않았다.

'악마야. 이 사람은…….'

완전히 마음이 꺾인 엘자는 그 자리에 힘없이 무릎을 꿇었다.

엘리에테는 그런 그녀를 마치 길가의 돌멩이처럼 무시하고 리엘을 향해 걸어갔다.

그리고 발로 리엘의 몸을 뒤집은 후.

"영차."

가슴에 검을 찔러 머리 위로 높이 들어 올렸다.

"아, 아아아…… 아아아아아아아아아아아아악! 아파…… 그만……!"

리엘은 공포와 절망과 상상을 초월하는 고통 속에서 울부짖을 수밖에 없었다.

"괜찮아. 안심해. 심장, 폐, 주요 혈관 같은 급소는 전부 피해서 찔렀으니까."

투두두두두두두둑!

리엘의 몸에서 비처럼 피가 쏟아지는데도 엘리에테는 전혀 개의치 않고 고통스러워하는 리엘에게 미소 지었다.

"아쉽네."

"컥! 커헉! ……으……?"

피를 토하던 리엘이 그 이해할 수 없는 반응에 의문을 보였다.

"넌 빛의 검섬(劍閃)…… 【고독한 황혼(트와일라이트 솔리튜드)】를 개안했어. 나와 똑같은 「검천(劍天)」의 영역에 도달한 거라구. ……그래서 더 더욱 아쉬워."

마치 모자란 제자에게 설교하는 스승 같은 말투였다.

"【트와일라이트 솔리튜드】는…… 자기 자신을 한 자루 검으로 바꾸는 검술의 극치야. 인간의 가능성은 무한하다고 하잖아? 다시 말해, 자기 자신을 검으로 바꾸는 빛의 검섬

은 「벤다」는 개념에 특화해서 그 가능성을 무한대로 「확장하는」 기술인 셈이지. ……이해했어?"

"아아…… 으…… 아아아…… 아, 아…… 커흑……!"

"가능성만 존재한다면 **그것을 현실로 확장**하는 것. ……그런 까닭에 【트와일라이트 솔리튜드】로 벨 수 없는 건 존재하지 않아. 그런데도…… 너한테는 쓸데없는 게 너무 많더라. 아까워."

엘리에테는 한숨을 내쉬었다.

"검이 누군가를 지키고 싶어 할 것 같아? 누군가와 함께 있는 것에 기쁨을 느낄 것 같아? 인간을 죽였다고 분노를 느낄 것 같아? 그런 건 검의 기능을 발휘하는 데 전혀 쓸모없는 것들이야. 그런데도 거기에 집착하는 넌…… 「무딘 칼」일 뿐이고."

죽는다. 살해당한다. 아무것도 지키지 못하고 아무것도 하지 못한 채.

몽롱한 의식 속에서 리엘이 그렇게 생각한 순간.

"그래도…… 넌 이 세상에 나 말고 「검천」의 영역에 도달한 첫 번째 인간이지."

엘리에테가 검을 가볍게 휘두르자 넋을 잃은 채 무릎을 꿇고 있는 엘자의 눈앞에 리엘의 몸이 털썩 떨어졌다.

"……어?"

"거기 너. 그녀를 치료해."

엘리에테가 서늘하게 미소 지었다.

"안심해. 출혈이 최소한에 그치도록 벴으니 바로 치료하면 충분히 살 수 있어."

"……아, 아아……."

뱀 앞에 선 개구리처럼 위축된 엘자는 작아진 리엘의 몸을 끌어안고 울었다.

확실히 그녀 말대로 이토록 심한 부상치고는 출혈량이 적었다. 보통은 몇 분도 버티지 못하고 쇼크사했을 터.

그리고 엘리에테는 엘자의 품에 안긴 리엘에게 중요한 약속을 맺는 것처럼 말했다.

"리엘. 나중에 나랑 한 번 더 검을 겨루자."

"……으……?"

"너라면…… 분명 더 강해질 수 있어. 지금의 넌 아직 「무딘 칼」이지만…… 너라면 다음에 나랑 만날 때까지 쓸데없는 걸 전부 떨쳐내고 한 자루 검으로 완성될 수 있어. 나랑 같은 높이에 설 수 있어."

"……."

"나랑 같은 높이에 선 너와 검을 겨루는 그날…… 비로소 난 내가 보고 싶었던 세계를…… 나만의 진정한 「빛」에 도달할 수 있을 거라는 예감이 들거든."

그 말을 끝으로 엘리에테는 등을 돌렸다.

"다음에 봐, 리엘. 나도 너랑 다시 만날 때까지 훨씬 더

「경지를 올릴」 테니까. 완성된 너와 검을 겨루게 되는 걸 기대할게.”

그리고 전장에 나타났을 때와 똑같이 느긋한 걸음걸이로 지평선 끝에서 타오르는 저녁놀 속으로 녹아드는 것처럼 사라졌다.

아무도.

그 뒤를 쫓는 용기 있는 자는 아무도 없었다.

그저 넋을 잃은 채 허수아비처럼 지켜볼 수밖에 없었다.

————.

같은 시각.

학원도시 페지테를 감싼 성벽 위에서 한 남자가 석양에 물든 도시의 풍경을 내려다보고 있었다.

“……허허, 시작하신 겁니까. 엘리에테. 참으로 곤란한 분이시로군요.”

화려한 사제복을 입은 인자한 얼굴의 노인이었다.

하지만 보는 눈이 있는 사람이라면 그 가면 밑에 숨은 바닥을 알 수 없는 사악함과 어둠을 눈치챌 수 있을 터.

성 엘리사레스 교회 교황청의 전 교황인 퓨너럴 하우저이자, 하늘의 지혜 연구회의 현 제3단 《천위(헤븐스 오더)》【신전의 수령(마기스테르 템프리)】 파웰 퓌네.

하늘의 지혜 연구회의 최고 지도자인【대도사(헤븐)】다음가는, 사실상 넘버 2에 해당하는 인물이었다.

"자, 그럼 저도 **볼일을 마쳤으니** 오늘은 이만 물러나도록 할까요."

앞으로의 예정을 떠올린 파웰이 그대로 몰래 떠나려 한 바로 그 순간, 하얀 깃털 몇 개가 주위에 떨어졌다.

"하아아아아아아아아아아아아아아아아아아아아아아앗!"

그리고 강렬한 기백과 살기와 분노가 담긴 목소리에 이어 하늘에서 수직 급강하의 물리력을 그대로 검에 실은 무언가가 그를 향해 짓쳐들어왔다.

"호오?"

가볍게 몸을 빼자 그 자리가 성대하게 파괴되었고, 폭풍처럼 휘몰아치는 대량의 먼지 속에서는 인간의 그림자가 보였다.

"허허, 설마 이 타이밍에 당신이 나타날 줄이야……."

파웰은 흥미 깊은 눈으로 하얀 수염을 쓰다듬었다.

이윽고 먼지가 가라앉고 모습을 드러낸 것은 한 소녀였다.

저녁놀을 반사해서 후광처럼 빛나는 금발. 천사처럼 아름다운 외모. 하얀 법의 위에 걸친 은제 갑옷이 석양빛을 받아 새빨갛게 타올랐다.

그리고 무엇보다 가장 눈에 띄는 것은 등에 펼쳐진 세 쌍의 날개.

과거에 성 엘리사레스 교회 성당기사단 제13성벌 실행부대(라스트 크루세이더스)의 멤버였던 저 소녀의 이름은—.

"……루나 프레아. 당신에 왜 여기에?"

"퓨너럴!"

분노에 찬 고함을 내지른 루나는 압도적인 법력을 내뿜으며 파웰을 향해 다짜고짜 검부터 휘둘렀다.

"왜냐고?! 당연히 널 죽여버리려고 왔다!"

수십 번을 넘는 초고밀도의 법력이 담긴 참격이 파웰의 몸을 노렸다.

세상에 둘도 없는 성검의 위력까지 더해진 그 법력검(포스 세이버)에 닿기만 해도 연약한 인간의 몸은 잘게 다져지리라.

"흠."

하지만 파웰은 오른손 검지 하나로 대응했다.

루나의 검을 막고, 튕기고, 흘려냈다.

그래도 루나는 개의치 않고 계속해서 검을 휘둘렀다.

혼돈이 들끓는 어두운 눈과 다크서클이 짙게 내려앉은 얼굴에서는 평소의 신비스러운 미모가 흔적조차 보이지 않았다.

"잘도…… 잘도…… 체이스를…… 내 동료들을……! 죽여버리겠어…… 반드시 죽여버리겠어어어어어어어어어!"

파웰에게 고정된 두 눈은 이미 정상이 아니었다.

이제 그녀의 분노와 증오는 그 누구도 막을 수 없으리라.

그야 당연했다.

소중한 동료들도, 인간이었던 자신도, 유일한 마음의 버팀목이었던 사랑하는 이조차 전부 이 파웰에게 빼앗겼기 때문이다.

격렬한 증오가 천사의 힘을 증폭시켰고, 그 끝 모를 힘이 성검에 담겼다.

하지만, 그럼에도 파웰에게는 닿지 않았다.

"지금까지 어디에 계셨던 거지요? 미쳐버린 《정의》가 모든 계획을 뒤엎었던 그날, 당신은 홀연히 종적을 감췄을 터……."

파웰은 검을 피하며 가볍게 뒤로 몸을 날렸다.

"닥쳐! 난 그저 널 죽이기 위해 지옥 밑바닥에서 기어 올라온 것뿐……!"

루나가 이어서 포스 세이버를 가로로 휘두르자, 검날에서 방출된 대량의 법력이 빛의 칼날이 되어 파웰을 향해 날아갔다.

법력에 직격당한 파웰이 대폭발을 일으키며 빛에 삼켜졌다.

"이거 참, 조금 진정하시지요. 우리 어린양들이 서로를 이해할 수 있도록 하늘에 계신 아버지인 주께서 말이라는 은총을 내려주시지 않으셨습니까."

"주님의 말씀을 함부로 입에 담지 마, 이 악마! 역겨우니까!"

역시 멀쩡한 파웰에게 루나가 소리쳤다.

"아, 그래. 넌 지금 참 끝내주는 기분이겠지……!"

"흠? 그게 무슨 말씀이시지요?"

"시치미 떼지 마! 《전천사(戰天使)》의 소질이 있는 날 속이고 이용해서 전부 네 뜻대로 움직여왔으니 신이 안 날 리 있겠어?!"

루나는 흉흉한 눈으로 파웰을 노려보며 검 끝을 겨누었다.

"하지만 아쉽게 됐네! 넌 네가 나에게 준 《전천사》의 힘으로 죽을 테니까! 네 경솔함을 후회하면서 죽어! 죽어버리라고!"

하지만 파웰은 고개를 갸웃거렸다.

"흠? 혹시 당신은 스스로가 「특별」하다고 착각하시는 겁니까? 교만은 인간이 기피해야 할 일곱 가지 대죄 중 하나입니다만."

"……뭐?"

영문을 알 수 없는 대답에 루나는 눈살을 찡그렸다.

"하긴 일기당천의 강대한 힘을 지닌 《전천사》는 당대에 단 한 명, 선택된 자밖에 될 수 없다는 게 통설이긴 하지요. 지금까지 제가 그런 식으로 역사에 등장시켜왔으니 말입니다."

"……그, 그게 무슨……."

의아해하는 루나 앞에서 파웰이 손가락을 튕겼다.

그러자 압도적인 마력의 방출과 함께 무수한 오망성 법진이 주위에 펼쳐지더니 거기서 법력이 흘러나와 무언가를 만들어 내기 시작했다.

천사였다.

그것도 루나처럼 등에 세 쌍의 날개가 달린 천사들이었다.

체격은 다르지만, 그 안에 내포된 성스러운 힘은 틀림없는…….

"……어? 《전천사》? 어, 어떻게……?"

자신과 동등하거나 그 이상의 힘을 지닌 다섯 천사 앞에서 루나는 넋을 잃을 수밖에 없었다.

"이제 아셨습니까? **누가 됐든 상관없었던 겁니다.**"

하지만 파웰은 그저 한없이 온화하게 미소 지을 뿐이었다.

"어차피 당신들은 가짜에 불과합니다. 《무구한 어둠》의 대적자 《전천사》 이셀의 레플리카 따윈 얼마든지 양산할 수 있지요. 왜냐하면 저는……."

"……."

파웰이 뭔가 말했지만, 루나의 귀에는 닿지 않았다.

'……누가 됐든 상관없었다고? 어째서? 나밖에 없다고…… 내가 해야만 한다고…… 그래서 난…… 인간이기를 포기하고…… 주위의 두려워하는 시선 속에서도…… 천사로서 계속 싸우고…… 역할을 다하려 했는데…….'

따지고 보면 애초에 루나가 동료들을 잃었던 건 파웰의 함정에 빠졌기 때문이었다.

그 일을 계기로 파웰의 감언이설에 넘어가 《전천사》가 되기로, 인간이기를 포기하기로 결심했었다.

그것만으로도 복장이 뒤집힐 노릇인데 얼마든지 대신할

인재가 있는, 특별한 인간조차 아니었다면.

누구보다 특별했기에 이런 불행을 겪게 됐다는 자기 위안조차 허락될 수 없다면.

정말로 자신은.

자신이라는 존재는…….

"무의미."

"근본적으로 당신이라는 존재의 생에는 아무런 의미와 가치도 없었던 겁니다."

"……."

"그래도 안심하십시오. 루나 프레아. 제가 당신에게 의미와 가치를 드리겠습니다. 노동이야말로 주님께서 우리에게 내려주신 은총이자 기쁨. 앞으로는 저를 위해 헌신하십시오."

"……."

"악마 소환사인 제가 천사를 계약 악마로 예속해 사역하는 것도 참 재밌는 노릇이겠지요? 하하하."

더는 한계였다.

온몸의 피가 들끓었다. 시야가 극단적으로 좁아지고 새빨갛게 물들었다.

일분일초도 이 파웰이라는 사내와 같은 시간을 살고 싶지 않았다.

이 세상에서 먼지조차 남기지 않고 말소해버리고 싶었다.

"퓨너러어어어어어어어어어어어어어어어어얼!"

모든 법력을 검에 실은 루나가 눈가에서 피눈물을 흘리며 파웰을 향해 돌진했다.

하지만 그 검 끝이 파웰의 목젖에 닿기 직전.

"아, 미리 말씀드리지만."

푸욱!

루나를 에워싼 다섯 천사들의 검이 그녀의 몸을 꿰뚫었다.

"커헉?! 거, 거짓말……."

폐에 구멍이 뚫려 성대하게 피를 토했다.

방금, 천사들의 움직임이 전혀 보이지 않았다. 《전천사》로서 인간을 뛰어넘는 초감각을 가진 그녀가 조금도 반응할 수 없었던 것이다.

"뭐야. 이 녀석들…… 너, 너무 빨라……."

몸에서 뿜어져 나온 피에 피눈물을 흘리는 루나의 시야가 한층 더 붉게 물들었다.

거기다 무슨 주법(呪法)을 쓴 건지 검에 찔린 몸도 마음대로 움직이지 않았다.

"사실…… 정말 죄송하지만, 제가 이 시대에서 심심풀이로 만든 《전천사》 시리즈 중 가장 완성도가 낮았던 건 당신이었습니다. 즉, 그만큼 「약하다」는 뜻이지요."

"……?!"

출혈과 충격으로 창백해진 루나 앞에서 파웰이 다시 미소 지었다.

"그래서 일부러 당신에게 감정과 자유를 줬던 겁니다. 조종하기 쉽고 배신했을 때도 처분하기 쉬우니까요."

"아, 아아…… 커헉!"

"거기다 《천사언어 마법(엔젤릭 오라클)》은 노래. 감정이 없으면 제가 원하는 힘을 발휘할 수 없으니까요. 뭐, 당신의 역할은 끝났으니…… 이제 그건(감정) 필요 없겠지요?"

"으으…… 으아아아아아아! 빌어먹을! 젠장……!"

루나가 체념한 듯 고개를 떨구자 손에서 떨어져 내린 성검이 바닥을 울렸다.

눈에서 눈물이 하염없이 흘러내렸다. 하지만 그녀의 얼굴에 떠오른 것은 슬픔이 아닌 허무한 웃음이었다.

"슬퍼하실 것 없습니다. 모자란 아이일수록 귀여운 법이니까요. 루나, 당신을 제 편리한 인형으로서 영원히 사랑해드리겠습니다. 예. 영원히……."

한없이 성인군자 같은 표정의 파웰이 불온한 마력이 깃든 손끝을 루나의 이마에 대려고 한 바로 그 순간.

섬광과 폭음.

어마어마한 벼락이 파웰과 루나의 머리 위로 쏟아졌다.

B급 군용 어설트 스펠, 흑마 【플라스마 필드】.

사납게 굽이치는 전격이 루나를 찌른 다섯 천사들을 가차 없이 휩쓸었다.

하지만 인지를 초월한 대마력을 지닌 《전천사》는 원래 이 정도 물리 파괴 주문에는 끄떡도 없을 터.

그런데도 주문에 직격당한 천사들은 어째선지 빛의 입자로 변해 소멸되었다.

"……?!"

그 파웰조차 희미하게 놀란 표정을 드러냈을 정도였다.

"……아, 으……."

혼자 남겨진 루나가 실이 끊어진 인형처럼 쓰러졌다.

"허, 이건 설마……."

당연한 것처럼 전격을 피한 파웰이 감탄한 듯 턱수염을 쓰다듬은 순간.

"네놈은 대체 어디까지 인간을 우롱해야 만족할 거지? ……파웰."

머리 위에서 날카로운 목소리가 들렸다.

고개를 들자 성벽 위의 첨탑 지붕 위에 한 청년이 서 있었다.

바람에 나부끼는 긴 머리카락. 사냥감을 노리는 맹금류처럼 날카로운 눈동자.

하지만 어째선지 오른쪽 눈을 손으로 가린 채 왼쪽 눈만으로 파웰을 내려다보고 있었다.

날렵한 체격의 큰 키에 마도사 예복을 입은 저 청년의 이름은…….

"……오셨습니까. 아벨."

"날 그 이름으로 부르지 마라."

청년은 지옥의 악귀를 방불케 하는 차가운 시선으로 파웰을 노려보며 말했다.

"난 제국 궁정 마도사단 특무분실 집행관 넘버 17《별》알베르트 프레이저. 네놈을 지옥 밑바닥으로 끌어내릴 자다."

그리고 첨탑에서 뛰어내려 쓰러진 루나 옆에 착지했다.

"허허허…… 방금 그 공격은 참으로 훌륭했습니다."

하지만 파웰은 전혀 동요하지 않고 느긋하게 대답했다.

"저와 제 천사들의 계약을 파괴하고 존재를 완전히 소멸시켰군요. 이젠 재생도 재소환도 어려울 것 같습니다. ……대체 어떻게?"

"알려줄 것 같나?"

알베르트는 손으로 오른쪽 눈을 가린 채 대답했다.

"하긴 그렇겠지요. 뭐, 대충 예상은 갑니다만…… 옳거니."

파웰은 어딘지 모르게 자랑스러운 눈으로 알베르트를 쳐다보았다.

"이제 예전의 당신과는 다르다는 거군요."

"……."

"훌륭합니다. 설마 아벨, 당신이 인간인 채로 혼자 힘으로 그 영역에 도달할 줄이야. 당신의 스승으로서 이보다 더 기쁘고 자랑스러운 일은 없을 겁니다."

"누가 스승이라는 거지? 창피하지도 않나, 외도."

알베르트는 파웰의 헛소리 따윈 들을 가치도 없다는 듯 대응했다.

하지만 그럼에도 파웰은 친밀함이 깃든 눈으로 슬픔을 드러냈다.

"하지만…… 그런 만큼 더 안타깝습니다. 당신이 아직도 인간이기를 포기하지 않았다는 사실이."

"……."

"당신에게는 「자격」이 있었을 터. 그러하기에 대도사님은 당신에게 《푸른 열쇠》를 하사하셨지요. 그런데도 당신은 나약하게도 그걸 거부했습니다."

"……."

"그 복수심을 간직한 채 열쇠를 받아들였다면…… 당신은 분명 저와 필적하거나 그 이상의 존재로 승화했을 터. 그런데도 대체 누구의 영향인지는 모르겠으나…… 진리와 예지에 반대되는 참으로 어리석은 선택을 하고 말았군요."

"시시하군."

하지만 알베르트는 그것이야말로 어리석은 선택이라는 듯 단언했다.

"그런 나약한 열쇠 따윈 필요 없다. 나는 나인 채로 네놈을 죽일 테니까."

"허허, 나는 나인 채로라……. 후후……흐하하하하하! 이거 참 걸작이군요!"

파웰은 참을 수 없다는 듯 어깨를 떨며 웃었다.

"……뭐가 웃기지?"

"이길 수 없습니다, 아벨."

파웰은 희미하게 웃었다.

조롱하려는 의도는 없었다. 그저 그것이 흔들림 없는 엄연한 사실이라며, 모자란 제자에게 가르침을 내리는 스승의 심정으로 지은 냉혹한 미소였다.

"당신은 절 이길 수 없습니다. 아벨, 당신의 생각은 근본적으로 어긋나 있습니다."

"……!"

당장에라도 물어뜯어버릴 듯한 시선의 알베르트에게 파웰이 고했다.

"가르쳐 드리지요. 당신이 절 이길 수 없는 가장 큰 이유……그것은 당신이 「알베르트 프레이저」이기 때문입니다."

"……!"

그 지적에 알베르트는 한순간 굳어버릴 수밖에 없었다.

"그리고 그것이 당신의 한계입니다. 이건 전부 당신을 위해 하는 말입니다, 아벨. 절 따르십시오. 제 밑에서 함께 지고의 예지에 도달하십시오. 이래 보여도 전…… 지금도 당신을 자식으로서 사랑하고, 그 힘을 누구보다 높이 사고 있으니까요."

"……구역질 나는군."

주먹을 강하게 쥐고 눈빛만으로 쏴 죽일 듯한 시선으로 노려보았지만, 파웰은 가볍게 흘려 넘기며 등을 돌렸다.

그리고 그 모습을 묵묵히 지켜보는 알베르트에게 흡족한 목소리로 말했다.

"역시 도망치는 거냐고 묻지는 않는군요. 맞습니다. 당신의 예상대로 저에겐 아직 할 일이 남아 있으니까요. 부자간의 대화는 다음 기회에 이어서 합시다."

"……."

"이틀 뒤입니다. 이틀 뒤에 《울티무스 클라비스》의 본대가 이곳 페지테에 도착할 겁니다. 아마 하늘의 지혜 연구회와 알자노 제국의 마지막 싸움이 되겠지요. ……그리고 그날이야말로 우리의 새로운 세상을 시작하는 산성(産聲)을 울릴 때."

"……."

"그 파멸과 재생의 황혼 속에서…… 인연이 있다면 다시 만납시다, 아벨. 그때는 당신이 더 현명한 선택을 내리기를 진심으로 기대하지요."

그 말을 끝으로 성벽을 따라 천천히 걸어간 파웰은 서서히 존재감이 흐려지더니 그대로 완전히 사라졌다.

"……."

파웰이 완전히 사라진 것을 확인한 알베르트는 기묘한 룬 문자가 빼곡하게 적힌 붕대를 꺼내 오른쪽 눈을 가리듯 머리에 감았다.

그리고 발밑을 내려다보았다.

"……으……아…… 체이스…… 체……스…… 날…… 두고…… 가지…… 마……."

거기에는 반사 상태의 루나가 정신을 잃고 쓰러져 있었다.

잠꼬대처럼 누군가의 이름을 부르며 온몸에서 피를 흘리고 있는 그녀는 이대로 방치하면 곧 목숨이 끊어지리라.

그리고 알베르트는 정보부의 보고를 통해 알고 있었다.

왜 이곳에 있는지는 모르겠지만, 이 여자는 성 엘리사레스 교회 성당기사단·라스트 크루세이더스의 루나 프레아. 제국국교회를 이단으로 인정하는 이단 말살기관의 이단 심문관.

즉, 적이었다.

살려두면 해만 될 테니 이 기회에 신속히 처리해야 할 대상.

"……흥. 나도 그 어리광쟁이(글렌)의 영향을 받은 건가."

하지만 알베르트는 완전히 의식을 잃은 루나를 옆으로 안아 들고 그대로 페지테 시내를 향해 몸을 던졌다.

제2장 페지테의 사람들

타움의 천문신전.

고대의 공간 조작 마술로 인해 겉보기보다 훨씬 넓은 내부공간을 가진 유적 안은 각 방과 시설이 마치 미궁처럼 복잡기괴하게 연결되어 있었다.

그리고 글렌과 루미아는 며칠 전에 페지테에서 사라진 세리카를 찾기 위해 그 신전의 중추인 대 플라네타륨실을 향해 신중히 나아가고 있었다.

"……?!"

하지만 글렌이 갑자기 한쪽 무릎을 꿇었다.

"서, 선생님? 무슨 일이세요?"

그러자 루미아도 당황해서 달려왔다.

"혹시 방금 전투에서 입은 부상이 아직……!"

"아니, 그건 아니야. 미안하다. 걱정 끼쳐서."

글렌은 쓴웃음을 짓고 오른쪽 신발을 가리켰다.

루미아가 조심스레 쳐다보자 신발 끈이 끊어져 있었다.

"아무래도 아까 레이크랑 싸우다가 끊어졌나 봐. 응급처치 좀 할 테니 잠깐 기다려줘."

그렇게 말한 글렌은 배낭을 내리고 끊어진 신발 끈을 풀기 시작했다.

"우와, 신발도 너덜너덜하구만. 이거 꽤 비싼 건데. ……칫, 레이크 그 망할 자식."

투덜거리며 끊어진 신발 끈을 매듭으로 연결하고 다시 신발에 묶기 시작했다.

그러면서 생각했다.

'참 나, 고작 신발 가지고 무슨 소란인지. 페지테에 있는 녀석들은 레이크보다 더 위험한 놈들이랑 싸워야 할 텐데.'

이곳은 외부와 격리된 장소라 통신마술로 연락을 취할 수 없기에 현재 페지테의 상황은 아무것도 알 수 없었다.

슬슬 《울티무스 클라비스》가 도착했을 거라 예상만 할 뿐.

이런 상황에서 자신이 자리를 비울 수밖에 없는 사실이 무척 답답했다.

'정말…… 괜찮을까? 특히 리엘…… 네게 주어진 역할을 생각하면 네가 싸워야 할 상대는 그…….'

머릿속에 과거 이 제국에서 이름을 떨친 검의 영웅의 이름이 스쳐 지나갔다.

리디아와 레이크처럼 완성된 진정한 『Project : Revive Life』로 완전 부활한 그 영웅이.

'……리엘.'

왠지 모르게 불길한 예감이 들었다.

'아니, 괜찮을 거야. 지금의 리엘은 강해. ……전투능력 외의 측면에서도.'

담담히 신발을 수선하며 기도하듯 생각했다.

'넌 이제 예전의 너와는 달라. 난 널 믿어, 리엘…….'

그렇게 자신을 타일렀지만, 다시 루미아와 탐험을 재개하면서도 가슴 한편에 박힌 가시 같은 일말의 불안은 마지막까지 떨쳐낼 수 없었다.

———.

지금까지 방어전선을 지탱하던 영웅 리엘 레이포드의 패배.

그 충격적인 비보에 페지테 전체가 흔들렸다.

그와 동시에 이틀 후 《울티무스 클라비스》 본대가 도착할 거라는 한없이 사실에 가까운 소문도 퍼지기 시작하자 여력이 있는 자는 앞다퉈 페지테를 떠났고, 나머지는 절망에 떨며 신에게 기도했다.

피난을 가봤자 이 도시가 함락되면 제국은 완전히 멸망할 터.

그렇게 페지테는 전례 없는 큰 혼란에 빠져 있었다.

"……결국 이날이 와버렸네."

제국 궁정 마도사단 특무분실 실장 집행관 넘버 1 《마술사》이자 제국 최종 방위군 총사령관인 붉은 머리 여성, 이브 디스트레 원수는 한숨을 내쉬며 중얼거렸다.

이곳 알자노 제국 마술학원 본관의 대강의실에 설치한 제국군 총사령실에는 현재 여왕 폐하, 제국군 장교, 정부 고관, 학원의 유력 마술사들이 모여 무거운 분위기로 입을 다물고 있었다.

이브는 그런 그들 앞에서 담담히 현황을 확인했다.

“척후 부대의 보고에 따르면 이틀 후 《울티무스 클라비스》 본대가 마침내 이 페지테에 도착할 거야. 지금까지처럼 선발대의 산발적인 공세가 아니라…… 글자 그대로 이 페지테 자체를 집어삼키려고 대량의 망자가 파도처럼 밀려들겠지.”

테이블 위의 전황도에는 어마어마한 수의 적측 말이 빼곡하게 놓여 있었고 지금까지 전투가 치러진 장소가 페지테를 중심으로 여기저기에 X자로 표시되어 있었다.

“보고에 따르면 적 본대의 총병력은 약 15만. 현 제국군과의 전력 차이는 약 열 배. 하지만 적은 어디까지나 네크로맨시로 사역되는 망자의 무리. 뱀파이어나 구울 같은 부(負)의 생명력으로 살아가는 「불사자」들과 달리 정(正)의 생명력을 죽은 시체에 마술로 강제 고정해서 「되살아난 자」…… 개체의 전투력은 결코 높지 않아. 「불사자」들과 달리 부정을 멸하는 신성 정화 계열 어설트 스펠은 효과가 적지만, 반대로 머리를 파괴하는 등의 물리적 수단으로 무력화하는 게 가능해. 그러니 지금까지 우리가 총력을 기울여 준비해온 전략급이라고 불리는 A급 전략 군용 어설트 스펠을 비장의 패로 쓰고, 성벽을 방패 삼아 철저한 전수 방어 농성 작전으로 몰고 가면 이 막대한 병력 차로도 그나마 견줄 수 있었을 거야. 하지만 적측에는 그런 전황을 홀로 뒤집을 수 있는 이레귤러가 존재해. ……맞아. 《검의 공주》 엘리에테. 우리가 사기 진작을 위해 내세운 가짜가 아닌 이 시대에 되살아난 **진짜 영웅이**."

무겁게 입을 다문 이들 앞에서 이브도 머리를 감싸 쥐었다.

"최악이야. 사전에 입수한 정보 이상이었어. 저번 교전 기록으로 추측건대 역시 이 여자가 있는 한 제국군의 방어진 따윈 있으나 마나야. 최후의 전투가 시작된 순간, 엘리에테가 전장을 자유롭게 돌아다니면서 우리의 방어선을 닥치는 대로 찢어놓고 유유히 성벽을 베어버리면 그걸로 전부 끝. 이쪽이 성실하게 체스 규칙을 지키면서 싸울 때 상대는 이쪽을 직접 주먹으로 두들겨 패는 짓이나 다름없어. 글자 그대로 승부조차 성립되질 않아. 막말로 엘리에테 헤이븐에게 망자의 군대 따윈 필요 없어. 단독으로 이 페지테를 함락시킬 힘이 있으니까."

혹은 단독으로 전황을 좌우할 수 있었기에 과거에는 이렇게 불렸던 것이다.

—「영웅」이라고.

"유일한 희망은…… 갑자기 기묘한 힘을 각성한 리엘 레이포드가 엘리에테를 쓰러트리진 못할지언정 조금이라도 붙잡아둘 수 있느냐였는데…… 결과는 다들 알다시피. 덕분에 군의 사기는 폭락했지. 어쩌면 적도 그걸 노린 걸지도……."

리엘 레이포드가 엘리에테 헤이븐과의 돌발적인 조우 끝에 싱거운 패배, 사지를 잃는 심각한 부상을 입었다는 사실이 그들의 어깨를 무겁게 짓눌렀다.

마술학원의 법의사 세실리아 헤스티아의 필사적인 치료로 간신히 목숨은 건진 모양이지만, 이 전쟁에서 리엘의 전력을 기대하는 건 이제 어려울지도 몰랐다.

'내 지휘 탓에…… 미안해, 리엘.'

부하의 병문안을 갈 여유조차 없는 자신의 입장과 상황을 저주하면서도 이브는 회의를 계속 진행했다.

"지금까지…… 많은 책략을 짜왔어. 그리고 이 위기 상황에서 간신히 버틸 수준까지 도달할 수 있었지."

지금까지 제국군이 《울티무스 클라비스》의 산발적인 침공에도 사기를 유지하고 대항할 수 있었던 것은 틀림없는 이브의 지휘 덕분이었다.

그 「수수께끼의 참격」을 개안한 리엘이 전장에서 무시무시한 힘을 발휘하자마자 그녀를 「영웅」으로 포장해서 병사들의 사기를 유지해왔다.

리엘에게 그런 무거운 짐을 짊어지게 하고 싶지 않았지만,

막대한 병력 차로 쳐들어오는 적 앞에서 병사들의 사기를 유지하기 위해서는 그 방법밖에 없었기 때문이다.

그리고 리엘이 병사들과 시민이 이해하기 쉬운 화려한 전공을 거둘 수 있도록 의도적으로 군을 움직였다. 지금까지 성벽을 방패로 삼는 완전한 농성을 최대한 피하고 군이 그녀를 전장에 내보낸 것은 전부 그래서였던 것이다.

그렇게 사기와 전선을 유지하는 동안 제국 각지에서 잔존 병력을 긁어모아 방어전과 병행하면서 의식 마술을 준비해 겨우 싸울 수 있는 상황을 조성했다.

결국 마지막에는 농성전을 벌일 수밖에 없겠지만, 이브 자신이 최악의 수로 여겼던 학생 지원병까지 동원해서 성벽의 방어진을 완전히 구축했다.

그런데도…….

"그렇게 쌓아온 걸 단 한 명의 영웅이 전부 뒤집어버리다니……! 이런 웃기지도 않는 전장이 세상에 어딨냐고!"

이브는 짜증을 내며 테이블을 내리칠 수밖에 없었다.

그러자 머리카락을 황금색과 붉은색으로 물들인 화려한 남자가 이 불합리한 상황에 한탄하는 그녀를 질책하듯 외쳤다.

"아직 끝난 게 아니잖아! 리엘이 진 건 확실히 유감이야! 나도…… 아니, 이 자리에 있는 모두가 지금의 그 녀석이라면 괜찮을 거라고 여겼으니까! 하지만 제국군에는 그 녀석만 있는 게 아니잖아! 강자는 그 밖에도 아직 많다고!"

제국군의 전선 지휘관 중 한 명인 제국 궁정 마도사단 제1실 실장 크로우 오검이었다.

"……."

"지금 이 전장에서 딱 떠오르는 제국군의 최강 클래스 전력이라면…… 나와 베어를 포함한 제1실 멤버, 너를 필두로 하는 특무분실 멤버, 거기다 마술학원의 고명한 선생들…… 그 밖에도 이것저것 많잖아! 그 사람들이 힘을 합쳐서 그 엘리에테란 놈을 속공으로 해치우는 건 어때? 그렇게 하면……."

"웬일로 당신치곤 머리를 좀 썼네, 크로우. 하지만 무리야."

이브는 힘없이 고개를 저었다.

"애초에 이쪽에는 전선을 지휘할 수 있는 장교의 수가 너무 적어. 내가 짠 각 방면의 방어선이 버틸 수 있는 건 당신들 주력 마도사들 덕분이야. 엘리에테를 해치우기 위해 그 주력을 한데 모은다면…… 다른 전선은 2초도 못 버텨. 애당초 어디에 출몰할지 파악할 수 없는 이상 우리의 주력이 엘리에테와 맞붙는 건 그 여자가 페지테와 제국군에 치명적인 타격을 준 뒤가 될 수밖에 없어. 게다가……."

—우리가 총력을 기울여도 과연 그 엘리에테를 격파할 수 있을까.

이브는 그 말이 나올 뻔한 것을 간신히 목구멍으로 삼켰다.

"아무튼 그 방법으론 우리가 엘리에테에게 매달린 사이에 망자의 군단에게 성벽을 돌파당해서 질 가능성이 지극히 높아. 거기다…… 저쪽에는 아직 모습을 보이지 않은 골치 아픈 상대들이 있어."

"파웰 퓌네와 엘레노아 샤레트인가."

알베르트의 발언에 이브가 고개를 끄덕였다.

"알베르트. 당신에겐 분명 전선 참가가 아닌 특별 임무를 내렸을 거야. 대도사를 제외한 하늘의 지혜 연구회의 현 최강 전력인…… 파웰 퓌네의 동향 조사를."

"그래. 예상대로 놈은 이 페지테 주변에서 뭔가를 꾸미고 있는 모양이더군. 이틀 뒤의 최종 전투에선 틀림없이 움직일 터."

알베르트가 담담한 목소리로 보고하자 주위가 술렁였고, 이브는 한숨을 내쉬며 다시 입을 열었다.

"뭐, 당연하겠지. 그리고 저티스 로우판이 상당수 처리한 모양이지만, 하늘의 지혜 연구회에 소속된 외도 마술사의 잔존 전력도 이 타이밍을 노리고 등장할 거야."

그렇다. 하늘의 지혜 연구회에는 아직 일기당천의 외도 마술사들이 다수 존재했다.

그런 그들이 이 중요한 국면에서 나서지 않을 리가 없었다.

하늘의 지혜 연구회에 재적된 마술사들의 위계는 포털스 오더, 어뎁터스 오더, 헤븐스 오더로 나뉘어 있지만, 실제로는 격이 다른 헤븐스 오더를 제외한 포털스 오더와 어뎁터스 오더의 실력은 큰 차이가 나지 않았다.

오히려 표면상 높은 지위에 있어서 사회·정치적인 역할과 임무를 수행하는 어뎁터스 오더보다 단순히 거친 일이나 전투를 전문으로 수행하는 포털스 오더 쪽이 더 전투력이 높은 케이스도 다수 존재했다. 예를 들면 그 진 가니스처럼.

제국군도 여태껏 수많은 외도 마술사들을 처리해왔지만, 아직 적의 조직에는 충분한 전력이 남아 있을 터.

"적이 어떤 수를 쓰든 대응할 수 있도록 이쪽의 주 전력을 어느 정도 남겨둘 필요가 있어. 엘리에테에게 총력을 기울이는 건 적이 노리는 바야."

"윽, 그건……."

"아무튼 적의 움직임을 파악할 수 없는 이상, 이쪽의 대처는 뒤로 밀릴 수밖에 없어. 그리고 이쪽의 주력이 자유롭게 움직일 수 없는 이 상황에서 유일하게 움직일 수 있으면서도 최강의 패(에이스)였던 것이…… 리엘 레이포드였고."

그렇다. 그런 리엘이 어떻게든 엘리에테를 붙잡아둘 수 있었다면 전황은 크게 달라졌을 터.

하지만 현실은 녹록지 않았다.

'애당초 내가 리엘 개인의 무력에 의존해 작전을 짠 것부터가 하책 중의 하책이었어. ……하지만 달리 무슨 수가 있지?'

이브는 참담한 심정으로 테이블 위의 지도를 노려보았다.

역시 몇 번을 봐도 상황 자체는 단순했다.

페지테 주변의 전장은 대부분 시야가 탁 트인 평야였고, 적군이 복잡한 진형이나 전술을 시도할 낌새는 전혀 없었다.

그저 머릿수를 믿고 밀어붙이기만 할 뿐. 엘리에테의 무력으로 돌파구를 열려고 할 뿐.

즉, 압도적인 물량작전인 것이다.

'……얕보고 있어.'

솔직히 엘리에테만 없다면 이브는 《울티무스 클라비스》의 침공을 충분히 막아낼 자신이 있었다. 아무리 물량에서 큰 차이가 난다지만 적군에는 전술이랄 게 전혀 존재하지 않았기 때문이다.

그저 우직하게 정면 돌파만 시도할 뿐.

그러니 지금까지 리엘이 최전선에서 벌어준 시간 동안 재편성한 제국군과 A급 군용 마술을 동원하여 페지테의 성벽을 방패로 삼는 농성전을 전개하면 충분히 막아낼 수 있었다.

'적의 전법은 유치하기 짝이 없어. 차라리 옆 동네 애들이랑 싸우려고 부하들을 지휘하는 골목대장이 더 나은 수준이야.'

하지만 적측에는 그런 유치한 전법을 필승의 전략으로 만들어버리는 존재가 있었다.

무적의 여왕(퀸) 《검의 공주》 엘리에테 헤이븐.

이틀 후 개전과 동시에 그녀가 전장에서 신출귀몰하게 돌아다니며 방어선을 끊어놓는다면 아군은 제도가 함락됐을 때처럼 《울티무스 클라비스》에 대응할 힘을 잃고 말리라.

그 뒤는 그저 평소처럼 물량으로 밀어붙일 뿐.

적은 단지 그것만으로도 승리를 얻어낼 수 있었다.

'요컨대 이 싸움은 엘리에테와 다른 외도 마술사들이 일을 벌이기 전에 얼마나 적의 머릿수를 줄여놓느냐가 핵심이지만…… 그게 말처럼 쉽지 않아! 적들이 어디서 출몰할지 알 수 없는 이상, 대처할 방법이 없다구! 이쪽의 패와 힘이 압도적으로 부족해! 하다못해 적 주력의 동향을 파악할 수 있다면…… 엘리에테가 나타날 위치를 좁힐 수만 있다면……!'

무리였다.

아무리 머리를 굴려도 대처할 방법이 없었다.

《울티무스 클라비스》로부터 페지테를 지킬 방법은 없다는 것이 이브가 내린 결론이었다.

여기 모인 인재 중에 이브보다 지휘와 전략에 밝은 사람은 없었다.

그나마 레자리아 왕국의 전 추기경 파이스 카디스가 젊은 시절 성당기사단의 천재 전술가이자 총지휘관으로 유명했다지만, 지금 그는 이 자리에 없었다.

이브가 작전을 세울 수 없다면, 반격의 실마리를 제시할 수 없다면 제국의 미래는 여기서 끝이다. 하지만 전혀 좋은 생각이 떠오르지 않았다.

무슨 수를 써도 엘리에테를 막을 수 없었다.

외도 마술사들의 움직임을 읽을 수 없었다.

그야말로 속수무책이었다.

"……."

이브는 손으로 얼굴을 가리며 입을 다물었다.

자신이 고뇌하는 모습을 본 장교들 사이에 불안과 절망감이 맹독처럼 퍼져 나가는 것이 느껴졌다.

이 분위기를 무마하기 위해서라도 뭔가 말해야만 했다.

만약 승산이 한없이 0에 수렴한다 해도 모두가 마지막 순간까지 희망을 가질 수 있는 작전을 지금 당장 제시해야만 했다.

하지만 지금까지 쌓아온 경험과 지식을 총동원해도 좋은 아이디어는 눈곱만큼도 떠오르지 않았다.

"……."

그런 자신을 여왕 알리시아 7세가 지켜보고 있었다.

"이브……."

"이브 씨……."

버나드와 크리스토프가 지켜보고 있었다.

""""…….""""

이 자리의 모두가 간절한 눈으로 쳐다보고 있었다.

그 시선이 두 어깨를 무겁게 짓눌렀다.

무거운 책임이 정신을 터트릴 듯 압박했다.

괴롭다, 때려치우고 싶다, 도망치고 싶다며 마음이 비명을 내질렀다.
지금 당장 자리를 박차고, 눈을 감고, 귀를 틀어막고, 뒤에서 들리는 비명과 매도를 무시하고, 모든 걸 버리고 도망칠 수 있다면 얼마나 편할까.
그런 저항할 수 없는 충동이 엄습한 순간.

"후우~."

무거운 침묵 속에서 맥 빠진 한숨을 내쉰 이브는 머리 뒤로 깍지를 끼더니 등을 크게 뒤로 젖히며 천장을 올려다보았다.
쿵!
그리고 테이블 위에 다리를 떡하니 올리자, 거기 있던 말들이 와르르 무너졌다.
"아, 아가씨. 자네. 정신이 나간 건가?"
"폐, 폐하의 어전에서 이 무슨……!"
"괜찮습니다."
루치아노 경과 에드와르도 경을 비롯한 중진들이 기겁하며 지적했지만, 알리시아 7세가 손을 들어 제지했다.
당황스러운 분위기 속에서 오직 알리시아 7세만이 침착한 눈으로 이브를 바라보고 있었다.
한편, 이브는 주위의 상황 따윈 알 바 아니라는 듯 홀로 이죽댔다.

'훗, 쓸데없이 자존심만 세고 공적에 집착하던 예전의 나였다면…… 견디지 못하고 도망쳤겠지. 걱정하지 마, 글렌. ……난 안 도망쳐.'

무의식적으로 이 자리에 없는 누군가를 향해 말을 걸었다.

'당신은 아무리 절망적인 상황 속에서도 절대로 도망친 적 없었어. ……뭐, 굳이 예외를 들면 세라 때가 있겠지만, 그건 없는 셈 쳐줄게. 내 탓이었는걸. 아무튼 삼류인 당신이 해냈던 일을 초일류인 내가 못 할 리 있겠어? 그래, 어디 한번 해볼게. 당신처럼.'

그렇게 마음을 다잡은 이브는 지금 자신이 무의식적으로 취한 자세가 자신이 삼류라 매도하는 그 부하(글렌)가 자주 보였던 자세라는 것을 깨닫지 못한 채 테이블로 시선을 내렸다.

그곳에는 말들이 엉망으로 흩어진 전황도가 있었다.

'아~ 내가 한 거지만 참 화려하게 저질렀네. 또 처음부터 정리해야 하나…….'

어깨를 으쓱이며 쓴웃음을 흘리고 눈을 깜빡이는 사람들 앞에서 말을 하나 집어 들었다.

'아, 진짜. 수는 또 뭐 이리 많담? 그냥 적당히 세워둘까? 어차피 적측엔 퀸이 있으니 이제 와서 어떤 식으로 배치하든 마찬가지…….'

다시 말을 정리하며 그렇게 생각한 순간.

'……응? 어떤 식으로 배치하든…… **마찬가지**?'

뭔가가 마음에 걸렸다.

'……**마찬가지**…….'

그 특별할 것 없는 단어가 지금까지 머릿속 한편에 존재했던 희미한 위화감을 의미 있는 형태로 재구성했다.

다시 말과 엉망이 된 전황도를 비교해본 순간, 머릿속에 벼락이 쳤다.

"맞아. ……이건 어떤 식으로 배치하든 **마찬가지**였어!"

그리고 이해할 수 없는 말을 외쳤다.

"이, 이브? ……갑자기 그게 무슨?"

"말 그대로야!"

버나드가 놀라서 묻자, 이브는 득달같이 대답했다.

"줄곧 마음에 걸렸었어. 대체 왜 적은 이렇게 말을 일일이 배치할 가치도 없는 허접한 전술로 페지테를 침공하는 건지! 이런 골목대장 간의 패싸움 같은 방식은 《검의 공주》 엘리에테, 퀸이 없으면 성립조차 되지 않는걸!"

"아니, 저쪽엔 실제로 그 퀸이 있으니 이제 와서 그런 소리를 해봤자 의미가 없지 않나?"

"아니야. 의미는 있어! 이건 매우 중요해!"

이브는 테이블을 내리쳤다.

"잘 들어봐. 퀸의 존재로 위기에 몰린 탓에 놓치기 쉽지만, 요컨대 적은 이 퀸의 능력에 모든 걸 맡기고 억지로 승리를 따내려고만 하고 있어. 자신들의 전력손실은 전혀 생각지도 않고!"

"……!"

"내가 적군의 장수였다면, 망자의 대군과 퀸…… 이만한 전력이 있다면, 솔직히 진심으로 작전을 짜서 효율적으로 군을 움직이면 지금의 페지테 따윈 최소한의 손실로 여유 있게 함락시킬 수 있어! 그런데도 적은 지금까지 쓸데없이 산발적인 침공만 되풀이할 뿐이었지! 그리고 전력이 압도적인 것처럼 보여도 적군의 구성은 대부분 전 레자리아 왕국민…… 즉, 무한한 것처럼 보여도 엄연히 한계는 존재해. 그러니 조금이라도 제대로 된 전장을 보는 눈이 있는 인간이라면 절대로 이런 식으로 전력을 낭비할 리 없고, 이런 허술한 전법을 쓸 리 **없어**!"

웅성, 웅성, 웅성…….

이브의 지적에 주위가 술렁이기 시작했다.

듣고 보니 확실히 그 말대로였다.

지금까지는 적의 압도적인 공세와 위기감 때문에 놓치고 있었지만, 확실히 전술적인 측면으로 보면 이번 침공은 부자연스럽기 짝이 없었다.

조금만 생각해봐도 이 페지테를 **확실히 함락시킬 방법**은 얼마든지 있었기 때문이다.

"문제는 적이 왜 군이 이런 식으로 움직였느냐야."

이브는 그제야 본론을 꺼냈다.

“단순히 알자노 제국 최후의 보루인 페지테를 함락시키고 이 나라를 수중에 넣는 것뿐이라면, 멸망시키고 싶은 것뿐이라면 더 효율적인 방법이 얼마든지 있어. 아니면 퀸이 있으니 전술을 고려할 필요가 없었던 걸까? 병력을 밀어 넣기만 해도 이길 수 있으니 처음부터 고려하지도 않았던 걸까? 아니, 그럴 리가. 이 나라를 천 년 이상 뒤에서 주물러 온 그 조직이 이제 와서 그런 허술한 모습을 보일 리 있겠어? 이 이해할 수 없는 침공에는 분명 어떤 의미가 있어. 부자연스러움의 뒤에는 반드시 이유가 있는 법. 적이 굳이 이렇게 해야만 했던 이유…… 오히려 이렇게까지 해야 할 필요가 있었다고 생각한다면…… 이번 싸움의 돌파구는 분명 거기에 있을 거야!”

“그렇다면 놈들의 목적은 대체 뭐지?”

모두의 의문을 대변하듯 할리가 입을 열자 희망 섞인 시선들이 이브를 향해 날아들었다.

“그건…… 아직 알 수 없……지만.”

그 씁쓸한 대답에 다시 한번 희망을 잃었지만, 그 순간에도 이브의 두뇌는 풀가동하고 있었다.

‘애당초 하늘의 지혜 연구회가 이번에 내세운 망자의 대군 《울티무스 클라비스》…… 이 이름도 뭔가 좀 이상해. **최후**라는 게 뭐지? ……그렇다면 그전부터 쌓아온 뭔가가 존재한다는 뜻이야. 잘 생각해 보자. 아마 그건 제국의 탄생부터 이어져 내려온 하늘의 지혜 연구회와의 싸움의 연장선에 존재하는 것일 테지. 그리고 지금까지 페지테에서 일어났던 사건 중에 답을 찾아낼 열쇠가 반드시 존재할 터!'

돌이켜 보면 최후의 전장이 하필 왜 이 페지테인 것일까.

꼭 페지테여야만 하는 이유는?

우연으로 치부하면 그것으로 끝이겠지만, 그걸 감안해도 요 1년 동안 페지테에서는 하늘의 지혜 연구회가 얽혀서 일어난 사건이 많아도 너무 많았다.

그중에서도 가장 눈에 띄는 사건이라면…….

'아세로 이엘로와의 싸움…… 《불꽃의 배》 사변이겠지. 그때도 페지테는 멸망의 위기에 처했었어. 당시엔 루미아 틴젤을 노린 라자르의 폭주라고 생각했지만…….'

그 순간, 당시의 보고서에 기록된 한 문장이 떠올랐다.

—《철기강장》 아세로 이엘로는 「대도사의 비원을 달성하기 위해 페지테를 멸망시키겠다」는 취지의 발언을 함. 상세는 불명. 검증이 필요.

'맞아. 그때는 정신 이상자의 헛소리로 치부했지만…… 혹시 그게 정말로 진실과 목적에 근거한 발언이었다면?'

그 발언을 증명하듯 올가을에도 페지테는 두 번째 멸망의 위기에 처했다.

한 해에 두 번이나 제국 전체를 뒤흔드는 사건의 중심 무대가 된 것이 우연일 리가 없었다.

애당초 제국과 하늘의 지혜 연구회와의 싸움 자체가 성대한 조작이었던 것을 감안하면 이 페지테와 제국 자체에 모종의 비밀과 목적이 있어도 전혀 이상할 게 없었다.

그러하기에 이브는 이런 생각을 떠올렸다.

'어쩌면……「페지테라는 땅에서 살육과 멸망을 일으키는 것」 자체에 어떤 의미가 있는 게 아닐까? 그러니 이기는 방법은 아무래도 상관없었던 걸지도……?'

페지테 상공에 떠 있는《멜갈리우스의 천공성》.

마술학원 지하에 펼쳐진 고대 유적이자 미궁《비탄의 탑》.

하늘의 지혜 연구회를 이끄는 대도사의 정체― 고대 마법 문명 시대에서 부활한 마왕.

제국 왕실의 피에 숨겨진 끔찍한 비밀. 마왕의 계보.

그리고 결정타는 이 페지테가 마도 고고학적으로 봤을 때, 마왕이 다스렸던 마국의 수도인 마도 멜갈리우스가 존재했다는 설이 있는 땅이라는 점.

이 땅에 얽힌 모든 것이 하나의 그림을 그리고 있었다.

"……미안. 작전회의는 일단 중지할게."

이브는 일방적으로 그렇게 말하고 자리에서 일어났다.

그 갑작스러운 발언에 주위가 당혹스러워했다.

"잠깐만, 이브. 중지라니…… 대체 왜?"

"당장 꼭 확인해야 할 사안이 있어. 난 지금부터 이 사태의 돌파구가 될 열쇠를 쥐고 있을지도 모르는 인물을 만나러 다녀올게."

"뭐어?! 열쇠를 쥔 인물이라니…… 그게 대체 누군데?"

버나드의 질문에 이브는 고개를 돌리며 당당하게 말했다.

"그 인물의 이름은……."

――――.

"리, 리엘이 당했다고?!"

"그, 그럴 수가……! 농담이죠?"

믿을 수 없는 소식을 전해 들은 카슈와 웬디가 눈을 크게 뜨고 경악했다.

물론 다른 2학년 2반 학생들과 자일, 리제를 포함한 다른 반 학생들. 콜레트, 프랑신, 지니를 비롯한 성 릴리 학생들과 레빈, 엘렌을 포함한 크라이토스 학생들도 마찬가지로 아연실색했다.

이곳은 페지테의 성벽 방어 임무를 맡은 학생 마도병들의 대기실인 담화실.

엘자가 가져온 리엘의 패배 소식을 들은 학생들 사이에서는 감출 수 없는 충격과 동요가 퍼져나가고 있었다.

"마, 말도 안 돼. ……그 무지막지하게 강해진 리엘이 졌다고?"

"어떻게 된 거죠? 엘자. 대체 무슨 일이 있었던 거냐구요!"

콜레트와 프랑신이 안색이 바뀌어서 캐물었다.

"미, 미안……해요……."

하지만 엘자는 새파랗게 질린 얼굴로 고개를 떨군 채 울먹이며 그렇게 대답할 수밖에 없었다.

"방법이…… 없었어요. 전 아무것도 할 수 없었다구요……."

"네가 그렇게까지 말할 정도로 위험한 놈이 나왔던 거야?"

"대체 어떤 상대였죠?"

"……《6영웅》 중 하나…… 《검의 공주》 엘리에테 헤이븐……."

프랑신의 질문에 엘자는 떨면서 목소리를 쥐어짜 냈다.

"그 부활한 검신이 적측에 있다는 소문은 사실이었어요. ……그 여자는 악마예요. 만약 리엘이 없었으면…… 저희는 오늘 전멸했겠죠."

"저, 전멸……? 이 페지테를 지키는 1만 5천의 제국군이……?"

"……아뇨, 페지테 전부 다요."

""""……?!""""

엘자의 대답에 저마다 숨을 삼켰다.

"……참 무거운 소식이네요. 넌더리가 날 정도로."

지니는 평소처럼 담담한 목소리로 중얼거렸다.

그야말로 농담 같은 이야기였지만, 엘자의 표정은 진지했다. 진심으로 공포에 떨고 있었다.

상상하기조차 어려운 일이었지만, 그녀의 말이 사실이라는 것이 피부로 느껴졌다.

"그 말대로라면…… 《검의 공주》 엘리에테가 제도를 함락시킬 때 제도 방위군 3만을 단독으로 쓸어버렸다는 소문도 사실이었나 보네요. ……인정하고 싶지는 않지만요."

"칫! 진짜 영웅, 진짜 《검의 공주》라는 건가. ……빌어먹을."

리제와 자일도 씁쓸한 표정으로 신음했다.

"그, 그래서, 리엘은 어떻게 된 건데?!"

카슈가 강하게 묻자 엘자는 머뭇거리며 대답했다.

"지금은 알자노 제국 마술학원의 법의 의식실에서 세실리아 선생님의 심령수술을 받는 중이에요. 하지만…… 다시 일어설 가능성은 절반이라고……."

"그럴 수가……."

"세상에……."

세실, 린, 테레사는 비통한 얼굴로 고개를 떨구고 말았다.

"그, 그럼 이러고 있을 때가 아니지! 가자, 얘들아!"

카슈가 황급히 일어나 밖으로 나가려 한 순간.

"어딜 가려고?"

그의 어깨를 붙든 기블이 안경을 올려 쓰며 어이없는 목소리로 물었다.

"당연히 리엘한테지!"

"우리가 가서 어쩔 거지? 지금 우리가 대체 뭘 할 수 있는데."

"그, 그야 아무것도 없지만!"

카슈는 기블의 손을 난폭하게 떨쳐냈다.

"그, 그래도 뭔가 있잖아! 기도라든가! 마음을 전한다든가!"

"후우~ 정말이지, 너 진짜 마술사 맞아? 무슨 그런 비합리적인 소릴……."

하지만 기블은 어이없어하면서도 걸음을 옮기기 시작했다.

"하긴, 내가 할 말은 아니군."

"기블?"

"가자. 우리가 가봤자 상황이 호전되는 건 아니겠지만……그래도 다친 친구의 곁에 있어 주는 것쯤은 해줄 수 있겠지."

그 말을 들은 순간, 카슈는 눈을 깜빡였고 웬디와 테레사와 세실과 린은 서로를 마주 보며 고개를 끄덕였다.

그리고 모두 함께 알자노 제국 마술학원을 향해 뛰어가기 시작했다.

~~~~.

문득 정신을 차리고 보니 어느새 내 눈에는 섬광이 새겨져 있었다.

눈부시게 빛나는 황금색. 위험한 빛의 검.

나는 그 빛을 지우려고 필사적으로 검을 움직였다.
~~~~

칼끝에서 같은 황금색 빛을 날려서 그 황금색과 충돌시켰다.

하지만 내 팔다리는 눈 깜짝할 사이에 잘려서 무참하게 허공을 날았다.

"아, 아아, 아아아아아아아아아아아아아아아아아아아아아악?!"

팔다리를 잃은 난 꼴사납게 바닥을 기었다.

그리고 황금색 빛으로 내 팔다리를 잘라버린, 나랑 똑같은 얼굴의 여자는 웃으면서 내 위를 넘어가더니 꼼짝도 할 수 없는 내 앞에서 즐겁게 살육을 개시했다.

달아나는 페지테의 시민들을 모조리 베어 죽였다.

싱글벙글 웃으며 불길한 빛의 검으로 페지테 거리를 파괴하고, 알자노 제국 마술학원을 파괴하고, 내 친구들을 한 명씩 순서대로 참살했다.

내 소중한, 사랑하는 사람들이 차례차례 무참하게 살해당하는 모습은 그야말로 지옥도였다.

"싫어…… 싫어…… 그만해……."

하지만 나에겐 팔다리가 없었다.

더는 일어설 수 없고 검도 쥘 수 없었다. 이젠 아무도, 그 무엇도 지킬 수 없었다.

그 여자의 무자비한 살육을 그저 가만히 지켜볼 수밖에 없었다.

"그만…… 그마아아아아아아아아아아아아아아아아아아아안!"
내가 영혼이 부서질 것 같은 절망에 울부짖은 순간.

"이건 「악몽」. ……네 「공포의 형태」야. 지지 마, 리엘."

누군가가 상냥한 목소리로 내 귓가에 속삭였다.
"……!"
어느덧 정신을 차리고 보니 주위의 풍경이 완전히 달라져 있었다.
조금 전처럼 처참하기 그지없는 전장이 아니었다.
시야를 가득 메우는 바다와 끝없는 하늘로 이루어진 세계였다.
저물고 있는 해가 수평선을 새빨갛게 태우며 세상을 극채색의 황금으로 물들이고 있었다.
그리고 그 빛을 반사하며 쓸쓸하게 반짝이는, 모래사장에 꽂힌 한 자루의 검만이 존재하는 쓸쓸한 황혼의 세계.
그 풍경 속에서 모래사장에 꽂힌 검 옆에는 **한 여자**가 서 있었다.
"여기서 만나는 건 오랜만이네. 리엘……."
낯익은 사람이었다. 내 팔다리를 잘라버린 그 악마 같은 여자와 겉모습은 똑같았지만, 근본적으로 다른 점이 있었다.
날 바라보는 눈은 무척 상냥했고, 또한 무척 슬퍼 보였다.

"……공주?"

공주, 내 마음속에 살고 있는 **엘리에테**가 부드럽게 미소 지었다.

정신을 차리고 보니 더는 몸이 아프지 않았다. 팔다리도 제대로 달려 있었다.

나는 모래를 털면서 천천히 일어났다.

"이제 더는 간섭하지 않으려고 했는데…… 아무래도 그런 속 편한 소릴 할 상황이 아닌 것 같아서 다시 만나러 왔어. 지금의 난 네 일부니까."

공주는 진지한 표정으로 말했다.

"여긴 마음의 세계…… 굳이 따지자면 너보다 내 심상세계라고나 할까? 꿈과 현실의 틈새. 의식과 무의식의 경계에 만들어진……."

"무슨 말인지 모르겠으니 그건 됐어."

나는 공주의 말을 무시하고 질문했다.

"나…… 공주랑 똑 닮은 사람이랑 싸웠어."

"알아. 처음부터 끝까지 지켜봤으니까. ……네 안에서."

"그 여잔…… 겉모습은 공주랑 똑같지만 속은 전혀 달랐어. 엄청 무섭고…… 엄청 기분 나빴어."

"……."

"그래도…… 엄청 강했어. 전혀…… 이길 수가 없었어."

나는 몸을 부르르 떨면서 물었다.

"있잖아, 공주. ……그 사람 누구야?"

"그것도 나야."

공주는 복잡한 얼굴로 말했다.

"더 정확히 말하자면…… 존재했을지도 모르는 내 또 다른 모습. 가능성."

"공주의 가능성……?"

공주는 고개를 끄덕이고 다시 입을 열었다.

"좀 어려운 이야기를 할게, 리엘. 넌 【트와일라이트 솔리튜드】를 개안했지?"

"……검에서 나오는 그 이상한 빛?"

"응. 그건 과거의 내가 내 모든 것을 검에 바친 끝에 찾아낸…… 나만의 빛. 검의 극치. 하나의 도달점. 궁극의 검술이야."

"……."

"마술은 주문에 의한 자기암시를 매개로 세계에 간섭하는 것…… 즉, 자신의 마음과 마주 보는 기술이잖아? 그 빛의 검도 비슷한 거라고 하나 봐. 주문 대신 검으로 세계에 간섭하는 거지만."

"……."

"다만 그걸 마술에서 말하는 「마법」의 영역에서 이루어낸 기술이 바로 【트와일라이트 솔리튜드】. ……그래서 세리카도 「나도 복사(트레이스)할 수 없다」고 했었지."

"세리카?"

"아, 응. 내 옛 친구."

공주는 그리운 눈으로 계속 설명했다.

"나도 어려운 건 잘 모르겠지만, 걔 말로는 【트와일라이트 솔리튜드】는 마술 이론상 검을 매개로 한 자기암시로 나 자신을 한 자루 검으로 바꾸는 기술이라고 했어. 인간의 가능성을 「벤다」는 개념에만 특화하고 승화시킨 고유마술에 가깝다든가 뭐라든가. 난 마술은 전혀 모르겠지만."

"……."

"인간이란 무한대의 가능성을 가진 존재. 그러니 이 세상의 모든 존재와 개념을 「검으로 벨 수 있는」 가능성은 마치 나유타(那由他)의 끝처럼 아득히 멀어도 **제로는 아니야.** 【트와일라이트 솔리튜드】는 그 한없이 제로에 가까운 가능성을 「개척하는」 기술인 셈이지."

"난 잘 모르겠지만…… 요컨대 뭐든지 벨 수 있다는 거?"

"넌 그렇게 이해해도 돼."

공주는 쓴웃음을 흘렸다.

"나도 이 빛의 검에 개안한 뒤로는 이 빛을 더 강하게 만들려고 정신없이 검을 휘둘러왔어. 검을 휘두르면 휘두를수록 내 경지가 높아지는 게 기뻤으니까. 하지만……."

"하지만?"

"……어느 날 벽에 부딪혔어."

공주는 탄식했다.

"전에 말했었지? 【트와일라이트 솔리튜드】는 **나 자신을 한 자루의 검으로 바꾸는 기술**이라고. 그건 다시 말해…… 궁극적으론 **인간성을 포기하는 것**과 다름없었어."

"……인간성?"

"예를 들면…… 검이 과연 희로애락을 느낄까? 누군가를 지키고 싶어 할까? 맞아. 그건 검에게는 「쓸모없는 부분」이야. 「벤다」는 기능과 개념에는 필요 없어."

"……."

"【트와일라이트 솔리튜드】의 경지를 높인다는 건 나라는 존재에서 검에 필요 없는 「나머지」를 떼어내는 거였어. 그러지 않으면 진정한 완성에는 도달할 수 없다는 걸 깨달은 난 결국 포기할 수밖에 없었어. ……이유는 기억나지 않지만."

"……."

"하지만 네가 싸웠던 나는 달라. 【트와일라이트 솔리튜드】의 경지를 높이기 위해 아무런 망설임도 없이 필요 없는 부분을 떼어내서 **한없이 완성에 가까워졌어**. 또 다른 나는 웃고 있는 것처럼 보이고 즐거워하는 것처럼 보여도…… 사실 **아무것도 느끼지 않아**. 그래서 또 다른 나는 생전의 나보다 압도적으로 강해."

그렇게 말하는 공주에게 나는 질문했다.

"어떻게 해야 이길 수 있어?"

"……."

"난…… 모두를 지키고 싶어. 페지테를 지키고 싶어. 가르쳐줘, 공주. 어떻게 해야…… 그 녀석을…… 엘리에테를 이길 수 있는 거야?"

"그렇게 생각한 시점에서."

공주는 안타까운 듯 고개를 저었다.

"넌…… 이기지 못해."

"……?!"

"또 다른 나와의 싸움은 반드시 【트와일라이트 솔리튜드】의 완성도를 겨루는 싸움이 될 수밖에 없어. 하지만 네가 검에 「필요 없는 것」을 마음에 품고 있는 이상, 【트와일라이트 솔리튜드】로 이기는 건 불가능해."

"……그럴 수가."

공주는 힘없이 고개를 떨구는 나를 괴로운 표정으로 지켜보다 입을 열었다.

"네가 또 다른 나를 이길 수 있는 유일한 방법은…… 같은 영역에 서는 거야. 즉, 인간성을 포기하는 것. 검에 「필요 없는 것」을 떼어내고 【트와일라이트 솔리튜드】의 경지를 올리는 것."

"……?!"

"다행히도 여긴 정신세계야. 만약 네가 그러길 원한다면…… **가능해.** 아마 또 다른 나도 이런 식으로 경지를 올렸을 테니까."

공주가 손을 가볍게 흔든 순간.

칙, 치익, 치이이익…….

노이즈와 함께 다시 풍경이 변했다.

"여긴……?"

난 눈을 깜빡였다.

그곳은 교실이었다.

알자노 제국 마술학원 2학년 2반 교실.

글렌이 있고.

루미아가 있고.

시스티나가 있고.

반 친구들이 있고.

시스티나에게 혼나는 글렌을 본 모두가 웃고 있는.

그런 특별할 것 없는 일상 풍경이었다.

"여긴 네 마음의 가장 깊은 곳. 네 진정한 심상풍경이야. 너에게 있어 가장 소중한 마음이, 감정이, 기억이, 추억이…… 담겨 있는 장소."

"……어째서?"

"……「필요 없는 것」을 떼어내야 한다고 했지?"

공주는 슬픈 목소리로 중얼거렸다.

그리고 모래사장에 꽂힌 검을 뽑아 내 손에 들려주었다.

"이 세계에 있는 것들을 벨 때마다 【트와일라이트 솔리튜드】의 경지로 승화돼서 또 다른 나의 영역에 가까워질 거야."

"……?!"

"하지만 그건…… 네 마음을 돌이킬 수 없이 파괴하고 바꿔버리는 행위나 다름없어. 한 번 베어버리면 그걸로 끝. 넌 그 대상에 대해 앞으로 **아무것도 느낄 수 없게 돼**. 애정도. 편안함도. 우정도. 그들과의 소중한 추억도. 그 무엇과 바꿀 수 없는 기억도 전부, 전부 잃게 될 거야. 네 마음은 평생 두 번 다시 원래대로 돌아올 수 없어. 다시 말해, 너 자신이 인간이기를 포기하고 한 자루의 검이 된다는 뜻이야."

"……."

입을 다문 나에게 공주는 다시 한 번 물었다.

"다시 한번 물어볼게. ……할 거니? 네 소중한 이들을 지키기 위해 네가 자기 자신을 잃고 소중한 모든 것을 잃더라도…… 넌 할 수 있겠어?"

"……."

나는 손에 든 검을 천천히 세워 들고 이렇게 대답했다.

"난…… 글렌의 검. 글렌은 내 전부. 난 글렌을 위해 살기로 정했어. 글렌의 소중한 걸 지킬 수 있다면 난……."

그리고 리엘은—.

———.

——.

—.

"리엘?!"

"리엘! 다행이야…… 정신을 차려서."

흰색으로 통일된 마술학원의 병실에서 리엘이 누워 있는 침대 옆에는 카슈와 웬디를 비롯한 학생들이 모여 있었다.

그 와중에 리엘은 천천히 눈을 뜨고 천장을 올려다보았다.

"괜찮은 거야? 넌 어제 당한 뒤로 하루 내내 잠들어 있었는데."

기블이 안도한 듯 한숨을 내쉬었다.

"다시는 눈을 못 뜰까봐 다들 엄청 걱정했었어……."

린도 울먹이며 리엘의 손을 잡았다.

"하, 하하…… 아무튼 의식이 돌아와서 다행이야!"

"예, 정말 다행이에요!"

"……."

콜레트와 프랑신이 그렇게 떠들어대는 한편, 리엘은 말없이 천천히 몸을 일으켰다.

그리고 간소한 환자복을 걸친 몸으로 뭔가를 확인하듯 팔다리를 움직였다.
"팔다리의 상태는 어떤가요? 리엘 양."
그러자 뒤에 서 있었던 마술학원의 법의사 세실리아가 조심스럽게 물었다.
"그게…… 제 법의사로서의 긍지를 걸고 말씀드리지만, 절단된 팔다리는 근육에서부터 뼈, 신경, 영맥에 이르기까지 전부 완전히 붙었어요. 그래도 혹시 위화감이 있다면……."
하지만 리엘은 대답하지 않고 마치 도구를 다루는 것처럼 팔다리의 상태를 확인한 후, 당혹스러워하는 일행이 보는 앞에서 침대에서 내려와 밖으로 나가려 했다.
"자, 잠깐만 리엘. 지금 어딜 가려고?!"
"그, 그냥 누워 있어! 넌 아직……."
카슈와 세실이 그녀의 화사한 몸을 황급히 붙들었다.
"어, 어어?!"
"우와아아앗?!"
하지만 리엘은 조금도 멈추지 않았다.
자신의 몸을 붙잡은 카슈와 세실이 마치 보이지도 않고 느껴지지도 않는 것처럼 그대로 둘의 몸을 질질 끌고 걸어갔다.
"젠장. 무슨 힘이……."
이윽고 힘이 떨어진 카슈와 세실이 바닥에 나동그라졌다.
"자, 잠깐만요 리엘 양! 리엘 양? 아직 수술 후의 검사와 치료가……! 꺄악?!"

세실리아도 어떻게든 막아보려 했지만, 그대로 튕겨나가 바닥에 주저앉았다.

"왜 그래, 리엘! 적당히 좀 해!"

그런 리엘의 앞을 엘자가 막아섰다.

"팔다리는 겨우 붙었지만, 아직 하루밖에 안 지났잖아! 네가 흘린 피의 양! 심령수술로 인해 쇠약해진 몸을 생각해! 지금 움직이면 정말 목숨이 위험할지도 모른다구!"

"……."

"그런데도 제멋대로 움직이겠다면 내가 힘으로라도……."

그리고 필사적으로 외치며 도에 손을 대고 정면에서 리엘의 눈을 들여다본 순간.

"……어? 리엘……?"

엘자는 등골을 타고 흐르는 오싹한 감각에 굳어버릴 수밖에 없었다.

리엘의 눈에 빛이 전혀 보이지 않았기 때문이다.

모든 빛을 흡수한 나락의 밑바닥 같은 눈이었다.

아마 지금 그녀의 눈에는 아무도 비치고 있지 않으리라. 정면에 있는 엘자조차도.

빛을 잃은 게 아니라 아무것도 볼 생각이 없는 눈이었다.

엘자는 이 눈을 알고 있었다. 잊으려야 잊을 수 없었다.

지금 리엘의 눈은 그 악마 같은 여자, 《검의 공주》 엘리에테 헤이븐과 똑같았기 때문이다.

돌이켜 보면 그 여자의 눈에서도 아무런 감정을 느끼지 못했었다.

그런 주제에 사람처럼 웃으며 떠들어대고 있으니 더더욱 섬뜩하고 두렵게 느껴질 수밖에 없는 인두겁을 쓴 괴물이었다.

그런데 정신을 차린 리엘은 어째선지 그 괴물에 한없이 가까워져 있었다.

용모가 한없이 닮은 만큼 더더욱 그렇게 느껴졌다.

동시에 지금의 그녀가 자신이 아는 리엘과 전혀 다른 존재로 변질됐다는 것 또한 눈치챌 수 있었다.

"리……엘……."

"……."

결국 리엘은 굳어버린 엘자를 단 한 번도 쳐다보지 않고 그대로 옆을 지나갔다.

그리고 어안이 벙벙한 모두가 지켜보는 가운데, 말없이 병실 밖으로 나갔다.

"저, 저 녀석 왠지 분위기가 좀 이상하지 않아?"

"으, 응."

콜레트의 말에 카슈가 대답했다.

"저기, 웬디…… 방금 그 분위기는……."

"예, 당신도 같은 생각을 했나 보네요. 테레사."

불안한 목소리로 묻는 테레사에게 웬디가 진지한 표정으

로 동의했다.

"방금 그건…… 우리 반에 전학 온 당시의 리엘과 똑같은 느낌이었어요."

"……아냐. 그보다 더 심해."

그러자 세실이 침통한 표정으로 고개를 저었다.

"확실히 당시의 리엘은 감정을 드러내지 않는 애였지만…… 그래도 조금도 드러내지 않는 건 아니었어. 하지만 방금은 정말 아무것도 못 느끼는 것 같았는걸."

"마치…… 자아가 없는 인형처럼."

린의 혼잣말이 모두의 생각을 대변한 건지 저마다 숨을 삼켰다.

그리고 의아한 눈으로 동시에 세실리아를 돌아봤지만, 그녀도 힘없이 고개를 저을 뿐이었다.

"제가 한 심령수술은 정말 육체를 수복한 것뿐이었어요. 기억과 정신에 영향을 줄 가능성은 조금도 없구요."

"제국 최고의 법의사인 세실리아 선생님이 그렇게 말씀하신다면 그 말이 맞겠지만……."

"그럼 대체 왜……?"

엘자는 리엘이 열고 나간 문 쪽을 불안한 눈으로 쳐다볼 수밖에 없었다.

"……리엘…… 잠든 사이에 대체 네 몸에 무슨 일이 있었던 거니."

그 질문에는 아무도 대답할 수 없었다.

그렇게 무거운 불안과 초조함이 모두의 어깨를 강하게 짓눌렀다.

———.

"당신은…… 여전하네."

"……너냐. 뭐 하러 온 거지?"

어이없는 목소리로 말하는 이브에게 남자, 마술학원의 마도 고고학 교수 포젤 루포이 엘트리아는 관심 없는 투로 대답했다.

이곳은 알자노 제국 마술학원 부속 도서관의 지하서고.

어둡고 곰팡내 나는 책장 사이에서 촛불을 켠 포젤이 일심불란하게 책을 읽고 있었다.

"그건 내가 할 말이야. 당신, 이런 데서 대체 뭘 하고 있는 건데?"

"보고도 모르겠나? 독서 중이네만."

포젤은 이브에게 한 번도 시선을 주지 않은 채 책만 보고 있었다.

속독 중인지 페이지를 넘기는 손이 무척 빨랐다.

"이제 곧 이 귀중한 장서들이 지상에서 전부 사라질지도 모르니 말이다. 이 틈에 최대한 머릿속에 넣어야겠지. 페지테 따윈 어찌 되든 상관없지만, 이 책들을 잃는 건 참으로 안타깝군."

"그래서 허가도 없이 금서구역에 숨어 들어오셨다?"

"지금이라면 보안도 허술해질 수밖에 없으니까. 이런 좋은 기회를 놓칠 수는 없지."

"……어이가 없어서 진짜."

이런 외진 곳에 틀어박혀 있었던 탓에 찾느라 한참 고생했다.

이런 절박한 상황임에도 평소와 전혀 다름없는 포젤의 반응에 이브는 짜증이 샘솟았다.

"하긴, 남아 있기라도 해서 다행인가. 당신 같은 이기적인 유아독존남이라면 냉큼 페지테를 버리고 사라졌어도 전혀 이상할 것 없으니까."

"솔직히 그러려고 했는데 뭐, 글렌 선생과 약속한 게 있으니 말이지. ……그가 자리를 비운 동안 대신 학생들을 지켜 달라는 약속이."

포젤은 책을 대충 휙 집어던지더니 다음 책을 손에 들고 빠르게 읽기 시작했다.

그러고 보니 주위에는 비슷하게 읽고 던져버린 책들이 발 디딜 틈도 없이 깔려 있었다.

"훗, 칭찬받을 일은 아니지만 난 남들과 한 약속 따윈 내 사정에 맞춰서 아무렇지 않게 깨버리는 남자인데 말이지.

남 일보단 내 일이 우선이니까."

"진짜 당신답네."

"그래도 내가 남의 신뢰를 배반하는 건 상관없지만, 남이 내 신뢰를 배신하는 건 용서 못 해!"

"쓰레기네. 아니, 나도 알고는 있었지만."

여전히 같은 공간에 있기만 해도 두통이 생기는 남자였다.

"뭐, 난 원래 그런 인간인데…… 거 참, 신기한 남자란 말이지. 글렌 선생은."

포젤이 책을 읽다가 그런 말을 흘렸다.

"이상하게도 글렌 선생의 믿음에는 응해주고 싶어지거든. 그는 누구를 대하든 늘 진심이야. 알량한 가면 따윈 쓰지 않아. 나 같은 괴짜를 상대할 때조차도."

그리고 여전히 눈으로는 활자를 좇으며 입가를 끌어올렸다.

"보통 나 같은 놈을 일일이 진지하게 상대해주진 않잖아? 솔직히 내가 같은 입장이었으면 싫었을걸."

"자각이 있으면 좀 고치든가."

"아무튼 글렌 선생의 신뢰와 약속을 지키는 건 내게도 매우 가치 있는 일이라는 말이 하고 싶었네. ……나중에 유적 탐사를 돕게 할 빚으로 달아둘 수도 있고."

"……진지하게 들은 내가 바보지. 후유~ 뭐 그건 됐고."

이브는 성대한 한숨을 내쉬고 본론을 꺼냈다.

"포젤. 당신이 현재 제국 최고 수준의 마도 고고학자라 치고 묻고 싶은 게 있어. 당신의 지혜를 빌려줬으면 해."

"사양하지. 난 지금 바빠."

이브는 여전히 무관심한 포젤의 반응에 개의치 않고 단숨에 말을 쏟아냈다.

"이 페지테를 멸망시키는 것에 뭔가 의미가 있다면…… 뭐든 상관없어. 당신은 그게 뭐라고 생각해? 물론 군사적인 의미가 아니라 마도 고고학적인 견해에서."

이브 자신도 솔직히 두서없는 질문이라는 생각이 들었다. 막연하게 느끼는 위화감을 말로 표현한 것뿐이라 제대로 정리가 되지 않았기 때문이다.

이래선 포젤에게 실컷 바보 취급당해도 어쩔 수 없다고 생각한 순간.

"……!"

책을 넘기던 포젤의 손이 멈추었다.

그리고 몸을 돌려서 오늘 처음으로 이브의 얼굴을 쳐다보았다.

"……호오? 낭만을 모르는 고지식한 여자인 줄로만 알았더니…… 썩 흥미로운 테마를 제시하는군. 설마 너도 「멜갈리언」이었나?"

「멜갈리언」이란 마도 고고학에 뜻을 둔 자들 중에서도 특히 《멜갈리우스의 천공성》 연구에 고집하는 자들을 가리키는 말이다.

그리고 그 말을 들은 순간 이브는 자신의 억측이 거의 정답이었다는 사실을 깨달았다.

"훗, 하긴 그렇겠지! 「멜갈리언」이라면 한 번쯤 페지테를 멸망시켜보고 싶다는 상상을 해보기 마련이니까! 이렇게 말하는 나도 옛날에는……."

"당신의 바보 같은 망상은 아무래도 좋아! 페지테를 멸망시키는 행위의 의미가 대체 뭔데! 재지 말고 얼른 말해!"

"멍청한 녀석. 이래서 아마추어는…… 마도 고고학적인 견해로 본 페지테의 멸망이라면 당연히 그거밖에 없잖아? 『멜갈리우스의 마법사』의 최종장."

"뭐? 그 롤랑 엘트리아가 쓴 동화 말이야? 분명 정의의 마법사와 마왕의 최종 결전을 묘사한 챕터였던가?"

"그래. 그건……."

이렇게 해서 포젤이 의기양양하게 떠든 내용은…….

———.

그날 밤 다시 요인들을 소집해 긴급회의를 연 이브는 작전 내용을 변경하자고 제안했다.

그 내용은 지금까지 그녀가 결전을 대비해 고생고생해가며 쌓아올린 것들을 전부 뒤집어엎는 폭거나 다름없었다.

———.

한편, 같은 시각 타움의 천문신전 최심부인 대 플라네타륨실.

"같이 가지 못해서 미안. 선생님을…… 잘 부탁해."

루미아는 눈물을 흘렸고.

"루, 루미아아아아아아아아아아아아아!"

"빌어먹으으으으으으으으으을!"

시스티나와 글렌의 절규가 메아리쳤다.

그리고 마침내 허공에 열린 「문」— 《별의 회랑》이 눈부시게 빛나며 주위를 새하얗게 물들였고, 엄청난 흡입력이 글렌과 시스티나를 그 안으로 빨아들였다.

그렇게 둘은 시간을 넘어 완전히 다른 시대로 넘어가게 되었다.

글렌과 시스티나가 수많은 고난과 고뇌 끝에 5853년이라는 시간을 넘어 고대 마법문명으로 여행을 떠난 후, 대 플라네타륨 장치 앞에서는 남루스와 르 실바 그리고 대도사 펠로드와 레 파리아 — 조금 전까지 루미아였던 존재 — 가 일촉즉발의 긴장감 속에서 대치 중이었다.

짝짝짝…….

하지만 곧 김빠진 박수 소리가 그 분위기를 깨트렸다.

"훌륭해, 라 틸리카. 르 실바. 칭찬해줄게."

"……!"

하지만 그런 펠로드의 태도는 남루스의 신경을 거스를 뿐이었다.

그녀는 눈가를 사납게 곤두세우며 한층 더 날카롭게 펠로드를 노려보았다.

"유감이겠네, 마왕. 당신도 알겠지만, 과거로 날아간 글렌은 세리카와 함께 과거의 당신을 타도할 거야. 이걸로 이 인과는 확정됐어. 꼴좋다."

"그건 딱히 상관없는데 말이지."

펠로드는 여전히 여유 있는 태도로 어깨를 으쓱였다.

"지금의 난 그 패배로부터 모든 것을 다시 쌓아올린 존재야. 그러니 이건 역사의 필연. 아무 문제도 없지. 다만, 이대로 보내는 건 분하니까 훼방 좀 놔본 것뿐이고."

"다시 말해, 당신은 우리가 필사적으로 발버둥치는 걸 보고 즐거워했다는 거네? 칫! 진짜 사람이 너무 음습해졌어. 예전의 당신은 이러지 않았는데."

"그렇게 생각하는 건 언니뿐이야."

남루스가 빈정대자 레 파리아가 펠로드에게 몸을 기대며 온화한 미소로 대화에 끼어들었다.

"이이가 순수하고 다정한 건 옛날부터 그랬고, 지금도 그건 변함없어. 이 세상을 구하기 위해 이토록 절치부심하고 있는걸. 그러니 이 정도 장난쯤은 애교잖아?”

“후유~ 눈에 콩깍지가 씌어도 어지간히 씌었구나. 이제 슬슬 정신 좀 차리는 게 어떠니? 이 바보 동생.”

남루스는 레 파리아를 계속 도발했다.

“전에 들었던 말 그대로 돌려줄게. 양다리라니 너 참 팔자도 좋다? 내 동생이지만 엉덩이가 너무 가벼운 거 아냐?”

“걔(루미아)는 내가 아니야!”

역린이었는지 이번에는 레 파리아가 사납게 눈을 치뜨며 남루스를 노려보았다.

하지만 펠로드는 그런 그녀를 손으로 제지하며 남루스에게 말했다.

“이거 참, 단단히 미움을 산 모양인걸.”

“당연하지. 이 쓰레기. 일단 말해두겠는데 날 먼저 배신한 건 당신이거든?”

남루스는 침이라도 뱉고 싶은 듯한 표정이었다.

“그래도…… 난 다시 셋이서 사이좋게 지내고 싶어. 옛날처럼.”

“사양할게. 당신의 뒤틀린 본성을 알게 된 지금은 죽어도 싫어. 지금의 내 마스터는 이 세상에 단 한 명뿐. 평범한 인간인 채 인간답게 고뇌하면서 앞으로 나아가는 것을 멈추지 않고, 인간답게 불합리함에 항거하는…… 내가 유일하게 존경할 만한 인간! 글렌뿐이니까!”

"……언니! 말이 너무 심하잖아!"

레 파리아가 화를 냈지만, 남루스는 무시하고 일방적으로 쏘아붙였다.

"거기다! 이젠 구제할 도리가 없는 바보 동생(레 파리아)은 그렇다 쳐도 귀여운 또 하나의(루미아) 동생을 당신 같은 쓰레기에게 넘겨줄 수야 없지! ……르 실바! 시작해!"

그렇게 외친 순간.

"응! 준비 됐어!"

르 실바가 힘차게 대답하며 바닥을 양손으로 짚자, 그녀를 중심으로 마술법진이 부지불식간에 전개되고 빛의 고리가 레 파리아를 구속했다.

"꺄악! 뭐야 이게!"

별안간 움직임이 봉해진 레 파리아가 비명을 질렀다.

"……앗!"

예상외의 반격에 펠로드도 약간 놀란 기색을 드러내자 남루스가 말했다.

"이봐, 당신은 얼마나 남들을 무시하고 얕잡아 보고 있는 걸까? 우리가 당신을 만날지도 모르는데 아무런 대책도 세우지 않을 줄 알았어?"

"이건 세리카가 남긴 선물이야! 이런 전개를 예상하고 나에게 다양한 비술을 맡겼어! 그녀가 사랑하는 글렌을 위해……!"

르 실바가 외치며 마력을 한층 더 끌어올렸다.

"세리카? 그 여자가 다른 누군가를 위해 뭔가를 남겼다고? ……그녀에겐 광대(글렌)가 그 정도로……?"

펠로드가 놀라 눈을 깜빡였다.

"그건 그렇고, 이봐. 마왕. 이건 다른 이야기지만, 지금 당신. 날 **강제로 가지려고** 했지?"

"……?!"

"나랑 글렌의 계약을 강제로 파기하고 당신과 재계약시켜서 내 마스터가 되려고 했지? 흥, 역겨워! 이러니 정나미가 안 떨어져?"

남루스의 지적대로 말없이 입을 다문 펠로드의 손끝에서는 불온한 힘을 숨긴 마술법진이 효과를 잃고 사라지는 중이었다.

"그런 데 정신이 팔려 있으니까 당신쯤 되는 남자가 이런 단순한 함정에 걸리는 거야! 뭐, 이왕 이렇게 된 김에 가르쳐줄게! 소중한 사람을 빼앗기는 심정이라는 걸!"

"하아아아아아아아아아아아아앗!"

그러는 사이에 르 실바의 마력이 더욱 상승하자, 주위에 전개된 마술법진의 빛이 더 강해지며 세상을 하얗게 물들였다.

"아…… 그, 그만……!"

"큭!"

빛의 고리에 묶인 레 파리아가 머리를 움켜잡으며 괴로워했고, 펠로드가 팔을 쳐들고 황급히 뭔가를 하려 한 순간.

"……늦었어!"

그보다 먼저 르 실바의 마술이 완성되었다.

그리고—.

———.

르바포스 성력 1853년 그람의 달 31일.

리엘이 패배하고 하루가 지났다.

원래는 1854년을 맞이하는 올해 마지막 날. 다가오는 신년을 대비해 시내에서는 가지각색의 축제나 퍼레이드로 크게 떠들썩해지는 날이었다.

하지만 지금은 당연히 정적과 불온한 공기에 감싸여 있었다.

즐거운 분위기 따윈 눈곱만큼도 없었다.

제국군의 병사나 페지테 경라청의 경비관들이 경계 태세로 시내를 경비 중이지만, 어느 순간 갑자기 시민들의 감정이 폭발해도 전혀 이상하지 않은 상황이었다.

그런 와중에도 알베르트는 거리를 홀로 걷고 있었다.

'이 막바지에 작전 변경이라…… 과연 길이 될지 흉이 될지 모르겠군.'

현재 제국군과 마술학원의 교수진 전원은 그 때문에 페지테 각지에서 작업 중이었다.

이젠 돌이킬 수 없다. 주사위가 던져진 것이다.

'그렇다면 난 내가 해야 할 있는 일에 전력을 기울일 뿐…….'

그런 생각을 한 알베르트가 목적지를 향해 속도를 올린 순간, 갑자기 하늘에서 누군가가 내려오는 인기척이 느껴졌다.

"……찾았다! 여기…… 있었네!"

뒤에 착지한 그 인물이 사나운 목소리로 외치는 것을 듣고 고개를 돌리자, 그곳에는 루나 프레아가 있었다.

그녀는 피가 번진 붕대를 전신에 감은 채 가쁘게 숨을 내쉬고 있었다. 간신히 두 다리로 서 있긴 했지만, 언제 쓰러져도 이상하지 않을 정도로 무릎이 심하게 떨리고 있었다.

하지만 지옥 밑바닥에 있는 것처럼 어둡고 형형하게 빛나는 위험한 눈빛은 여전히 악의를 가지고 그를 노려보고 있었다.

"너였나. 무슨 용건이지?"

"당신…… 어제는 잘도 끼어들었겠다?"

숨을 헐떡이며 마치 쓰러질 것처럼 알베르트에게 접근한 루나는 그의 멱살을 잡고 노려보았다.

"하! ……뭐야. 혹시 날 구해서 생색이라도 낼 생각이었어? 헉……헉…… 웃기지 마!"

"……."

"퓨너럴(파웰)은…… 체이스의 원수! 내 사냥감이야! 이건 나와 그 쓰레기의 문제라구! 그러니 관계없는 외부인은 쓸데없이 참견하지 마! 계속 참견할 생각이라면…… 그냥 당신도 여기서 죽여버리겠어!"

"그렇군. 복수인가."

자신의 협박을 한 마디로 짧게 정리해버리자, 루나는 놀라서 흠칫거렸다.

"너와 그 남자 사이에 무슨 일이 있었는지는 모르겠다만, 요컨대 네 복수를 방해하지 말라는 뜻이겠지? 흥, 시시하군."

"……?!"

차갑게 내뱉은 그 말에 루나의 눈매가 더더욱 사나워졌다.

"난 제국의 군인이다. 네 사정 따윈 알 바 아니지. 고작 그런 헛소리를 지껄이려고 임시 부상병 수용소를 빠져나왔다니…… 기가 막혀서 말이 안 나오는군."

알베르트는 더 할 말이 없다는 듯 멱살을 잡은 루나의 손을 가볍게 떼어내고 등을 돌렸다.

"돌아가서 잠이나 자도록. 아무리 네가 《전천사》라지만, 동격 이상의 존재가 든 성검에 입은 부상은 그리 쉽게 낫지 않을 터."

"……!"

"복수심에 사로잡힌 심정 자체는 이해한다. 하지만 어리석군. 그런 감정에 휘둘려서 이성을 잃어서야 대체 뭘 이룰 수 있겠나. 머리를 식히도록."

그런 차가운 말과 함께 알베르트가 떠나려 한 순간.

"웃기지 마! 당신이……!"

루나가 이를 악물더니 다시 비틀거리며 다가와서 외쳤다.

"당신이 뭘 안다고 그딴 소리를 지껄여?"

"……."

"당신 같은 위선자는 늘 그런 식이지! 복수는 아무것도 낳지 못한다는 흔해빠진 값싼 휴머니즘으로 오만한 설교를 지껄이기나 할 뿐…… 그딴 건 엿이나 처먹어!"

"……."

"난…… 내 절반이나 다름없는 사람을 빼앗겼어! 당신은 이해 못 해! 사랑하는 사람을 빼앗겨본 적도 없는 인간이 내 기분을 이해할 수 있을 리 없다고! 그러니 복수는 어리석다던가 하는 남의 마음을 아무렇지 않게 짓밟는 말을 지껄일 수 있는 거지!"

"……."

"행복한 환경에서 살아온 인간이 다 안다는 듯 떠들지 마! 나한테 이래라저래라 하지 마! 토할 거 같으니까!"

"……!"

"아무도 끼어들지 못해…… 끼어들게 내버려둘 것 같아? 그 놈은…… 퓨너럴은 내 사냥감이야! 내가 이 손으로 죽여버릴 거라구! 다시 그 녀석 주위에서 어슬렁거리는 게 내 눈에 띄기만 해봐! 당신도 같이 죽여버릴 테니까!"

그렇게 일방적으로 퍼붓고 알베르트를 밀쳐버린 루나는

벽을 짚어가며 그대로 어딘가를 향해 떠났다.

"……흥. 복수는 어리석다, 라."

한동안 그 모습을 지켜본 알베르트는 자조적으로 말했다.

그리고 목에 걸린 은 십자가를 손에 쥐며 조용히 기도를 올리고 누군가의 이름을 읊었다.

"……아리아."

그 목소리는 누구에게도 들리지 않은 채 고요함 속으로 사라졌다.

————.

이날 페지테 중앙대로는 큰 혼란에 휩싸여 있었다.

사람. 사람. 사람. 넘치는 인파가 하나 같이 불안한 표정을 지은 채 같은 방향으로 걸어가고 있었다.

오늘 해가 뜨자마자 페지테의 제국 최종 방위군 총사령관 이브 디스트레 원수가 긴급 발령을 내렸기 때문이다.

구체적인 내용은『일부 지정 구역에 거주하는 페지테 시민들을 알자노 제국 마술학원으로 강제 대피시킬 것』이었다. 듣자 하니 아무래도『이면 학원』이라 불리는 안전한 장소에 대피시키려는 모양이었다.

하지만 전화를 피하기 위해 떠난 자들도 있지만, 대다수의 시민은 아직 페지테에 남아 있었다. 아무리 광대한 공간을 보유한 『이면 학원』이라고 해도 시민 전체를 수용할 용량은 없었고 하물며 시간도 부족했기에 이브가 지정한 구역의 시민만 제국군과 경비관들이 나서서 신속히 피난을 유도했다.

그 결과가 현재의 인파로 혼잡한 중앙대로였다.

시민들은 당연히 이 갑작스러운 명령이 그저 당혹스럽기만 할 따름이었다.

"왜 우리는 들여보내주지 않는 건데!"

"옳소! 이건 차별이라고!"

머지않아 피난 지정 대상에 포함되지 않은 구역의 주민들이 시내 여기저기서 소란을 일으켰다. 페지테의 경비관들은 이런 주민들의 불만을 달래고 가라앉히기 위해 아침부터 바쁘게 뛰어다니고 있었다.

"이거 참, 이브 이그나이트…… 아니, 지금은 디스트레인가. 대체 무슨 생각인지……."

그런 혼란스러운 광경을 지켜보던 페지테 경라청 경라 총감 호나우두 맥스웰은 한숨을 내쉴 수밖에 없었다. 워낙 인력이 부족하다 보니 경라청의 수장인 그조차 현장에서 직접 지휘를 해야 하는 상황이었다.

『여기는 B17, 페지테 중앙구 4번가부터 5번가 주민들의 피난을 완료했습니다!』

『여기는 F4, 페지테 북구 3번가는 현재 예정대로 피난 진행 중입니다! 오늘 14시까지는 끝날 예정입니다!』

"음, 수고했다. 계속 그렇게 진행하도록."

호나우두는 보석형 통신 마도기로 각 방면에 흩어진 부하들과 연락을 취하며 새 지시를 내린 후, 눈앞에 있는 시민들 쪽으로 다시 시선을 돌렸다.

워낙 사람이 많다 보니 마술학원 쪽으로 이동하는 그들의 표정 곳곳에는 왠지 모를 안도감 같은 것이 서려 있었다.

'……이 상황에서 만약 페지테가 함락되고 마술학원이 무너지면 『이면 학원』에서 나올 수 없게 된다는 건 밝힐 수 없겠군.'

사실 지금 전황을 봐선 그런 결과를 맞이할 가능성이 지극히 높았다.

그러니 선불리 사용할 수 없는 최종 수단이나 다름없는 피난처인 셈이다.

이브도 그런 만약의 상황을 가정해 『이면 학원』을 시민의 피난 장소로 쓰는 건 처음부터 부정적이었지만, 어째선지 어젯밤을 기점으로 생각을 바꾼 모양이었다.

하지만 그녀가 이 페지테를 구하려 하고 있다는 것은, 조금이라도 시민의 피해를 줄이려 하고 있다는 것만은 명백했다.

'무슨 일이 있었는지 모르겠지만, 사람은 바뀌기 마련이지…….'

예전 『페지테 최악의 사흘간』 당시에는 악당에게 습격당한 소녀를 그대로 무시하고 지나가려 했던 이브를 떠올리고 쓴웃음을 흘린 순간, 대로 너머에서 사람들이 술렁이는 것이 느껴졌다.

아무래도 또 무슨 문제가 일어난 모양이다.

"후유, 페지테 시민은 다른 곳에 비해 시민의식이 높기로 유명했건만…… 이런 긴급 상황에서는 어쩔 수 없는 건가."

호나우두가 한숨을 내쉬며 주위를 둘러보자, 포니테일의 여성 경비관이 열심히 피난 유도를 하는 모습이 눈에 들어왔다. 젊고 아리따운 용모. 제복의 휘장으로 봐선 계급은 경라정일 터. 나이에 비해 높은 직위에 있는 저 엘리트 경비관의 이름은 분명…….

"테레즈 군. 잠깐 이리 와보게."

"뭐야! 본관은 지금 바…… 아, 아앗! 호나우두 경라 총감님?!"

테레즈 워켄은 그를 보자마자 화들짝 놀라더니 차렷 자세를 하며 절도 있게 경례했다.

"무, 무례하게 굴어서 죄송합니다! 설마 경라 총감님이실 줄은 몰라서……!"

"괜찮네. 그만큼 자네가 직무에 충실했다는 거겠지. 그보다……."

호나우두는 조금 전에 소란이 있었던 장소로 시선을 돌렸다. 여전히 고함소리가 들리는 것을 보아하니 아무래도 주민 간에 다툼이 발생한 듯했다.

“아무래도 저쪽에 문제가 생긴 것 같더군. 잠깐 보고 와 주지 않겠나? 이곳은 내가 맡고 있겠네.”

“예! 알겠습니다! 바로 확인하겠습니다!”

활기차게 대답한 테레즈는 인파를 헤치며 소란이 일어난 곳을 향해 달려갔다.

“흐흥! 참 뻔뻔한 사람들이네요! 자기들만 살겠다고 여자와 아이에게 폭력을 행사하다니! 당신들, 그러고도 사내자식인가요?”

가장 먼저 테레즈의 눈에 들어온 것은 인버네스 코트를 걸치고 지팡이에 숨겨진 레이피어를 어깨에 댄 여자였다. 투명할 정도로 밝은 홍차색 머리카락과 라피스라줄리 같은 눈동자가 인상적이었다.

“으, 으으윽…….”

“제, 젠장…… 이 여잔 대체 뭐야…… 엄청 세잖아…….”

그 여자의 발밑에는 성인 남자 둘이 주저앉아서 끙끙대고 있었다. 머리와 팔다리에 심한 타박상이 있는 걸로 봐선 아무래도 여자에게 크게 혼쭐이 난 모양이었다.

“어, 엄마! 괜찮아?”

“난 괜찮단다. 너야말로 다친 데는 없니?”

그리고 그 너머에는 잿빛 머리카락과 눈동자가 인상적인 모녀가 있었다.

어머니 쪽은 다친 건지 팔을 부여잡은 채 주저앉아 있었고, 아직 어린 티가 나는 딸은 그런 어머니를 걱정하고 있었다.

그렇게 테레즈가 상황을 어느 정도 확인한 순간, 코트를 걸친 여자가 이쪽을 돌아보았다.

"응? 흐흥~ 거기 당신. 이 세기의 천재 마도탐정이 없었다면 엄청난 실수를 저질렀을 무능 경비관 테레즈 씨 아닌가요~?"

사실 테레즈는 이 여자의 정체를 알고 있었다.

저 우쭐대는 낯짝에 펀치를 한 방 먹여주고 싶게 만드는 그녀의 이름은…….

"로잘리 디터트?! 네놈, 또 사고 친 거지?! 아무튼 체포오오오오오오오오!"

"어?! 아니, 잠깐…… 으갸아아아아아아아아악?!"

테레즈에게 팔이 꺾여서 바닥에 나자빠진 로잘리가 한심한 비명을 내질렀다.

"……다시 말해."

대충 상황이 진정된 후, 테레즈는 다른 경비관들에게 연행되는 두 남자를 지켜보며 말했다.

"피난 대상에서 제외된 저 남자들이 『이면 학원』에 들어가기 위해 저기 있는 로람 모녀의 주민표를 강제로 빼앗으려고 드는 걸 로잘리, 네놈이 나서서 구해줬다는 건가?"

"마, 맞아요! 이 정의의 마도탐정이 악행을 저지를 리 없잖아요!"

"흐응? 그래서? 넌 왜 여기 있는 거지? 네 주소는 분명 피난 지정 구역이 아니었을 터."

"그야 물론…… 이 혼잡한 틈을 타서 『이면 학원』에 몰래 들어가려고……."

"체포."

"으갸아아아아아아아악?! 아파, 아파, 아파, 아프다구우우우~!"

테레즈는 게슴츠레한 눈으로 다시 로잘리의 팔을 뒤로 꺾었다.

"저, 저기…… 구해주셔서 감사합니다."

"솔직하게 기뻐하기는 좀 그렇지만, 일단 고맙다고는 해둘게."

그러자 로잘리가 구한 모녀, 유미스 로람과 우르 로람이 조심스럽게 감사를 표했다.

"이쪽의 감독 불이행으로 험한 일을 겪게 해서 죄송합니다. 자, 어서 이쪽으로."

그제야 자신의 직무를 떠올린 테레즈가 경례를 하며 모녀의 피난을 유도하려 한 순간.

"뭐, 이런 상황에서 피난해봤자 어차피 소용없겠지만."

우르가 어딘가 달관한 듯한 표정으로 체념하듯 말했다.

"우, 우르! 얘가 정말! 죄송합니다. 딸이 실례를……."

"괜찮습니다. 이 유사시에 저희 경라청이 믿음을 드리지 못해 정말 드릴 말씀이 없군요."

그러자 오히려 고개를 숙이는 테레즈에게 우르가 말했다.

"딱히 탓하려는 건 아냐. 《울티무스 클라비스》랬나? 평범한 경비관이나 군인이 그런 걸 어떻게 막겠어. 후유~ 이럴 때 선생님이, 글렌 선생님이 있어 줬더라면……."

"응? 글렌 선생님이라면…… 혹시 글렌 레이더스 말인가요?"

로잘리가 눈을 깜빡이며 반응했다.

"어? 거기 엉터리 탐정 씨, 혹시 선생님이랑 아는 사이야?"

"예! 글렌 선배는 제가 마술학원에 다녔을 때의 선배랍니다!"

"……진짜? 하아~ 세상 참 좁네."

우르는 어이없다는 듯 한숨을 내쉬었다.

"아무튼 오늘 이런 꼴을 겪는데 갑자기 생각나더라구. **그 때**처럼…… 글렌 선생님이 상쾌하게 나타나서 우릴 구해주지 않을까 하고. ……아하하, 너무 로맨티스트 같지? 어린애 같다고 비웃어도 돼."

"어린애라니…… 당신은 어딜 봐도 어린애잖아요."

우르가 아이답지 않게 시니컬한 미소를 짓자, 로잘리도 어이없어할 수밖에 없었다.

"며칠 전에 우리 가게에 온 마술학원 학생한테 들었어.

……글렌 선생님은 이 사태가 벌어지기 전에 페지테를 떠나서 어딘가로 가 버렸다고.”

“……우르.”

“역시 도망친 걸까? ……하긴 어쩔 수 없겠지. 우리도 도망칠 곳이 있으면 도망쳤을 테니까. ……이제 다시는 못 만나게 되는 걸까?”

우르가 힘없이 고개를 떨구자 왠지 우울한 분위기가 감돌기 시작했다.

“절대로! 그럴 리 없어요!”

그러자 로잘리는 일부러 쪼그려 앉아 시선을 맞추고 반박했다.

“선배는 절대로 당신 같은 소녀를 내버려 두고 갈 사람이 아니라구요!”

“……?!”

이상할 정도로 자신만만한 그 말투에 우르는 눈을 휘둥그레 뜰 수밖에 없었다.

“이 상황에서 페지테를 빠져나간 게 사실이라 해도 분명 어떤 이유나 목적이 있었던 게 틀림없어요! 그쪽이 정리되면 반드시 돌아올 거예요! 뭐랄까, 마치 계산한 것처럼 최고의 타이밍에 등장해서 멋진 부분만 전부 가져가겠죠! 선배는 옛날부터 그런 사람이었으니까요!”

로잘리는 일어서서 우르의 등을 가볍게 두드려주었다.

“그러니 어머님이랑 같이 어서 안전한 곳으로 가세요! 당신의 안전이 확보되지 않으면 선배가 돌아왔을 때 전력을 다할 수 없을 테니까요!”

“로, 로잘리…….”

“후훗, 딸을 위로해줘서 고마워요. 로잘리 씨.”

“별말씀을! 자, 어서 가죠!”

밝게 미소를 주고받은 로람 모녀와 로잘리는 그대로 인파를 향해 걸어가기 시작했다.

한편, 테레즈는 그런 세 여자의 뒷모습을 눈으로 배웅하며 생각했다.

“흥. ……글렌인가.”

지금까지 자신이 담당한 사건에서 몇 번인가 만난 적이 있는, 마도탐정 로잘리의 조수를 자칭하는 묘한 남자였다.

‘우리 경비관들보다 신뢰받고 있는 건 좀 못마땅하지만…… 이런 상황에서도 희망이 있는 건 좋은 일이지. 글렌이라는 남자가 그만한 인물이라는 건가…….’

그리고 저 로람 모녀 같은 사람들이 희망을 가질 수 있는 상황을 지키는 것이야말로 경비관의 책무이리라. 어디까지나 무대 뒤의 조역으로서 그 직무를 다할 뿐.

‘나 역시 이 페지테의 경비관. ……마지막 순간까지 최선을 다해서 이 페지테를 지켜내는 거다!’

그렇게 결의를 새롭게 다지고 원래 있던 자리로 돌아가려는 순간, 문득 어떤 사실이 떠올랐다.

"……아앗! 로잘리 디터트! 네놈은 피난 지정 대상이 아니잖아!"

"헉! 들켰다?!"

테레즈는 은근슬쩍 피난 행렬에 끼려는 로잘리를 향해 맹렬히 질주했다.

"……난 왜 여기 있는 걸까?"

어느 주택의 지붕 난간에 앉아 로잘리와 테레즈의 콩트를 멍한 눈으로 내려다보던 소녀는 불현듯 혼잣말을 중얼거렸다.

제국 궁정 마도사단 특무분실의 예복을 입은 그녀의 불꽃처럼 새빨간 머리카락과 자염색 눈동자는 현재 이 페지테 최종 방위군 총사령관인 이브와 왠지 닮아 있었다.

하지만 왼쪽 얼굴을 가린 머리카락이 가끔 바람에 흔들릴 때마다 보이는 것은 끔찍한 화상 자국이었다.

그런 눈에 띄는 용모였지만, 주위에선 아무도 소녀의 존재를 눈치채지 못하고 있었다.

그야 당연했다. 탁월한 환술사인 그녀가 진심으로 숨어버린다면 그 누구도 찾아낼 수 없을 테니까.

그녀의 정체는 전 제국 궁정 마도사단 특무분실의 집행관 넘버 18《달》 일리아 일루주.

하지만 지금의 그녀는 마치 다 타버린 재 같은 공허한 분위기를 자아내고 있었다.

"……대체 난 왜 여기에 있는 거지?"

일리아는 다시 한번 스스로에게 물었다.

글렌이라는 지인의 이름이 들려서 잠깐 귀를 기울여봤지만, 솔직히 아무래도 좋았다.

바로 흥미를 잃고 흐린 하늘을 향해 고개를 들었다.

과거의 그녀는 복수귀였다.

세상에서 가장 사랑하는 언니 리디아를 죽인 아버지, 아젤 르 이그나이트를 죽이기 위해 아리에스 이그나이트라는 이름과 얼굴을 버리고 일리아 일루주로서 그에게 접근해 명령을 따르면서 기회를 엿봤다.

그리고 얼마 전 아젤 르가 일으킨 쿠데타, 《불꽃의 세 시간》 사건에서 일리아는 마침내 목적을 달성할 수 있었다. 우여곡절이 있긴 했지만, 결국 자신의 손으로 아버지를 죽이는 데 성공한 것이다.

하지만 그와 동시에 그녀의 안에서 뭔가가 꺼져버리고 말았다.

마음속 깊은 곳에서 그토록 분노와 증오로 타오르던 불꽃이, 열기가 지금은 조금도 느껴지지 않았다.

마음이 공허했다. 정신을 차리고 보니 이젠 아무것도 남아있지 않았다.

아젤 르를 죽인 뒤의 기억은 모호했다. 꽤 오랜 시간이 지났는데도 여태껏 뭘 했는지 전혀 기억나지 않았다. 어딜 헤매고, 어디서 자고, 뭘 먹고, 무슨 생각을 하고 산 건지 조금도 떠오르지 않았다.

그저 어느새 정신을 차리고 보니 이곳에 있었다.

제국 최후의 보루이자 멸망과 혼란의 최전선인 이 페지테에.

"아무리 갈 데가 없다지만 하필이면 여길……."

한숨조차 나오지 않았다.

하지만 멸망의 최전선이라는 건 반대로 말하면 지금 이 세상에서 가장 뜨거운 장소이기도 했다.

공포와 절망으로 비탄에 빠진 힘없는 민초들.

멸망의 위기에 처한 조국의 운명을 짊어졌음에도 한 치도 물러서지 않은 채 고난과 맞서 싸우려 하는 긍지 높은 여왕.

좌천당해 일개 사관으로 전락했지만, 다시 여왕의 신임을 얻어 제국 최종 방위군의 총사령관으로 기적적인 영전을 달성한 용맹한 여장군.

그럼에도 공포와 절망에 마음이 꺾인 병사와 시민들을 압도적인 전과로 다시 일으켜 세운 영웅 소녀.

잘 생각해보면 음유시인들이 군침을 흘려댈 만한 시추에이션이 아닌가.

어제 그 영웅 소녀가 뼈아픈 패배를 겪은 모양이지만, 이 상황 자체를 창작물이라고 보면 그 또한 적당한 자극이 될 터.

분명 후세의 시인들은 그들의 싸움을 자기 멋대로 각색해 국가 존망에 관한 비극의 희곡으로서 길이길이 보전하리라.

"……그런 곳에서 인생을 마치는 것도…… 뭐, 나쁘진 않겠지."

일리아는 자조했다.

이젠 모든 게 어찌 됐든 상관없었기 때문이다.

'그야 난 이미 만족해버렸는걸. ……내 전부였던 언니는 이제 없고, 그 쓰레기도 죽여버린 이상, 나한테는 이제 아무것도 없으니까…….'

하지만 한 가지 의문이 있었다.

정말 아무것도 없다면, 모든 게 어찌 됐든 상관없다면 자신은 왜 굳이 이런 곳에 있는 것일까. 아무 데서나 적당히 죽어버리면 될 텐데.

"……."

일리아는 지붕 위에 누워서 시선을 돌렸다.

그러자 저 멀리 있는 광장에 제국군 장교들이 집합한 모습이 눈에 들어왔다.

그리고 그들 앞에는 단상에 서서 연설을 하는 여자가 있었다.

앞서 언급한 그 여장군이었다.

'이브 이그나이트…… 아니, 지금은 디스트레였던가? 내가 이그나이트 가문에서 말소된 후 내 뒤를 이어 리디아 언니의 동생이 된 여자, 내 배다른 자매…….'

그녀에게 딱히 무슨 감정이 있는 건 아니었다. 사실상 자신이 있을 곳을 빼앗은 존재였지만, 그건 그녀 탓이 아니었고 관심도 없었다. 아무래도 상관없었다.

멀리서 그냥 멍하니 이브의 모습을 쳐다보았다.

본인은 장교들 앞에서 손짓 발짓을 섞어가며 열정적으로 뭔가를 전달하려 하고 있었다.

장교들은 처음에는 당혹스러워했지만, 어느새 그녀의 열기가 전염된 건지 표정에 결의와 각오가 드러나기 시작하더니 곧 멀리서 봐도 알 수 있을 정도로 사기와 패기가 가득한 얼굴로 주먹을 들고 함성을 지르기 시작했다.

"하아~ 참 뜨겁기도 하지."

일리아는 손을 휘휘 내저으며 빈정거렸다.

"뭘 저렇게 필사적이 돼서 흥분하는 건지 모르겠네. ……바보 같아."

그런 식으로 말하면서도 이브에게서 눈을 뗄 수가 없었다.

아무리 부정하려 해도 저렇게 필사적으로 자신의 직무를 다하려 하는 모습이, 자신의 책무와 사명을 다하려는 모습이 사랑하는 언니 리디아와 겹쳐 보였기 때문이다.

"그야 그렇겠지. ……닮은 게 당연하잖아. 절반은 같은 피가 흐르고 있는걸."

자조하듯 투덜대면서도.

"그래, 아무래도 상관없어. 아무래도……."

결국 일리아는 연설을 마치고 떠나는 이브의 모습이 완전히 시야에서 사라질 때까지 눈을 떼지 못했다.

이 페지테를 벗어난다는 선택지를 고를 수가 없었다.

———.

시간은 쏜살처럼 흘러갔다.

이브의 지시대로 제국군은 페지테 각지에서 빠르게 작업을 진행했다.

그렇게 눈 깜짝할 사이에 해가 저물었고 어느새 제국은 새해를 맞이하려 하고 있었다.

"……수고했어."

이브가 마지막 보고서를 가져온 제국군 사관에게 감사를 표하자, 그는 절도 있게 경례한 후 퇴석했다.

지금 이곳 알자노 제국 마술학원 본관 대강의실에 설치한 제국군 총사령실에는 깍지를 낀 채 책상을 내려다보는 이브 혼자밖에 없었다. 사관의 기척이 멀어지자 정적이 사령실을 지배했다.

그런 한산하고 적적한 장소에서 이브는 속독으로 보고서를 확인했다.

"다들…… 정말 잘해줬어."

저도 모르게 눈시울이 뜨거워졌다. 눈물이 나올 것만 같았다.

"이걸로 겨우 승산이랄 게 생겼어."

어젯밤 그녀가 급히 변경한 것은 페지테 최종 방어 작전이었다.

바꾼 장본인이 할 말은 아니겠지만, 그건 지금까지의 전쟁사와 전술의 상식을 근간부터 뒤엎는 폭거나 다름없었다.

까놓고 말해 만약 자신이 부하였다면 이런 말도 안 되는 작전을 제안한 사령관에게 크게 실망해 눈앞에서 사표를 집어 던졌으리라.

만약 자신이 여왕이었다면 이런 정신 나간 여자 따윈 당장 사령관 자리에서 끌어내렸으리라.

하지만 **그 방법밖에 없었다**.

페지테를 지킬 길은, 제국이 살아남을 길은 그것밖에 없다고 판단했다.

그리고 모두는 그런 상식을 벗어난 헛소리를 지껄이는 자신을 믿어주었다.

여왕 폐하도.

제국군 장교들도.

특무분실의 동료들도 마치 당연하다는 것처럼 믿어주었다.

알자노 제국 마술학원의 유력 마술사들과 학생들, 그리고 전에 이브가 큰 무례를 저지른 페지테 경라청의 사람들까지도 믿어주었다.

그리고 모두가 전력으로 힘을 합쳐서 이브의 터무니없는 주문을 고작 하루 만에 끝마쳐준 것이다.

거기다 가장 큰 불안 요소였던 엘리에테도 실은 대응할 방법이 생겼다.

조금 전에 자신을 찾아온 **어떤 인물**의 말을 믿는다면…… 아니, 지금은 믿는 수밖에 없었다.

결국 엘리에테에게 대항할 수 있는 건 **그녀**뿐이기에.

"……."

진인사대천명(盡人事待天命).

인간으로서 해야 할 일은 다했으니 이제는 하늘의 명을 기다릴 뿐.

'총사령관으로서 이보다 더 만족스러울 순 없겠지. 설령 이기든 지든…… 후회는 없어.'

물론 이만한 대비를 했음에도 승리는 아직 한없이 멀었다.

0이 겨우 1이 된 것에 불과했다.

'아직도 불안 요소가 많아. ……아니, 오히려 불안 요소밖에 없지. 우리가 유리한 점은 어디에도 없어.'

엘리에테 헤이븐.

파웰 퓌네.

엘레노아 샤레트.

그리고 그 밖에도 하늘의 지혜 연구회에 남아 있는 일기당천의 외도 마술사들.

그런 적들과의 전력 차이를 고려하면 대체 얼마나 많은 기적이 일어나야 승리라는 최종 목적을 달성할 수 있을지 상상조차 할 수 없었다.

'하지만 그 기적이 일어나준다면 승리에 도달할 수 있는 구도는 잡혔어. 그래, 이젠 해보는 수밖에……!'

이브는 강하게 쥔 왼손을 진지한 눈으로 쳐다보았다.

하지만 자신들이 이만한 대비를 하고 수많은 기적 끝에 겨우 승리를 거머쥔다 해도.

'아마 적은…… 대도사는 분명 내 상상을 뛰어넘겠지.'

그 대도사는 상상도 할 수 없는 수단으로 그 기적적인 승리를 뒤엎어버리리라.

이건 이미 확신에 가까웠다.

아무튼 수천 년에 걸쳐서 이 판을 짜온 대도사에게 자신의 임기응변이 통할 거라는 생각은 들지 않았다.

그래서 이브는 아주 작은 「마법」을 걸었다.

'그게 성공할지는 알 수 없어. 성공해봤자 과연 대도사에게 통할지도 알 수 없고…… 오히려 안 통할 가능성이 압도적으로 높겠지. 그래도 그 「마법」 덕분에…… 난 끝까지 희망을 버리지 않고 싸울 수 있어.'

그렇다.

애당초 이 싸움의 진정한 적은 「마왕」.

그런 「마왕」을 타도할 존재는.

「마왕」에게 대항할 수 있는 존재는 이미 먼 옛날부터 정해져 있었으니까.

이렇게 조용히 밤이 지나가고.

격동의 해였던 1853년이 막을 내렸다.
그리고 성력 1854년 노바의 달 1일.
제국의 존망을 건, 기념할 만한 새해 첫날이 막을 올렸다.

막간2 광대의 그림자

밤.

밀려온다. 대량의「죽음」이 밀려온다.

산을 넘고, 언덕을 넘고, 숲을 넘고, 들판을 넘어.

모든 것을 남김없이 집어삼키려는 것처럼 밀려오고 있었다.

이 세상 전부를 피와 죽음의 냄새로 덧칠하려는 기세로 밀려오는 대량의 망자 무리—《울티무스 클라비스》의 본대.

진흙처럼 꿈틀거리며 지표를 빼곡하게 뒤덮은 저 어둠 알갱이 하나하나가 움직이는 시체(좀비)들이었다.

"……."

가파른 절벽 위에서 그렇게 페지테 방면으로 남하하는 망자의 홍수를 묵묵히 내려다보는 엘레노아 샤레트의 머릿속에 떠오른 것은 며칠 전의 기억이었다.

당시 엘레노아는 어떤 임무를 맡고 있었다.

그 내용은 알자노 제국 여왕 알리시아 7세의 친딸이자 루미아 틴젤의 친언니인 레닐리아 엘 켈 알자노 왕녀의 신병 확보.

그녀가 《하늘의 천사》 레 파리아로 완성된 루미아 틴젤의 중요한 대용품(스페어)이었기 때문이다.

물론 레닐리아의 안에 레 파리아의 영혼이 있는 것은 아니었다.

하지만 《만물의 어머니》인 로자리아 왕녀 알테나의 피를 이은 알자노 제국 왕족의 젊은 육체에는 막대한 마술적 가치가 있었다.

만약의 사태가 일어났을 때 그녀의 육체가 있다면 큰 도움이 될 터.

모든 사태를 한 치의 빈틈도 없이 상정한 대도사에게도 큰 「보험」이 될 수 있었다.

지금까지는 역사의 이면에서 암약하느라 레닐리아에게 직접 손을 댈 수는 없었다. 여왕의 정통 계승자인 그녀에게 손을 댔다간 제국의 국가 운영이 큰 차질을 빚을 가능성이 컸기 때문이다.

하지만 이제는 때가 됐다. 주사위는 던져졌다.

『라스트 오더』 계획을 발동한 이상, 더는 몸을 사릴 필요가 없었다.

엘레노아는 계획대로 움직였다.

《울티무스 클라비스》에 유린당해 기능을 상실한 제도 오를란도에서 레닐리아 왕녀의 확보에 나섰다.

필요한 건 육체뿐. 왕녀의 생사는 상관없었다.

네크로맨서인 엘레노아로서는 오히려 죽이는 쪽이 더 수월했다. 나중에 네크로맨시로 불러내기만 하면 되니까.

하지만 예상과는 달리 그런 엘레노아의 앞을 막아서는 자들이 있었다.

시스티나의 부모, 피벨 부부.

그리고 이 혼란스러운 상황을 틈타 마도구치소에서 탈출한 휴이 루이센.

대체 어떤 경위로 협력 관계를 맺은 건지 모르겠지만, 레닐리아 왕녀와 합류한 그들은 끈질기게 이 지옥으로 변한 제도에서의 탈출을 시도했다.

당연히 엘레노아는 저지했다.

하지만 레너드는 조직의 치밀한 계획과 음모를 항상 막바지까지 가서 뒤엎어버리는 그 밉살스러운 《광대》처럼 그녀의 예상을 뛰어넘는 움직임을 보였다.

그럼에도 결국 엘레노아는 그들을 막다른 곳까지 몰아넣을 수 있었다.

제도의 한 사원에서 휴이가 구축한 간이 전이 법진으로 제도에서 탈출하려는 그들을 아슬아슬한 순간에 저지한 것이다.

하지만…….

~~~~.

"큭! 아직…… 멀었나?! 휴이 군!"

레너드는 왼손 소지에 낀 녹색 보석 반지로 발동한 폭풍의 벽으로 밀려드는 망자 무리를 막고 있었다. 하지만 끝없이 몰려드는 망자들의 압도적인 질량 때문에 조금이라도 집중이 흐트러지면 단숨에 방벽이 무너질 우려가 있었다.

다른 손가락에 낀 반지들은 이미 파괴되었다. 사용 한계를 넘었기 때문이다.

"컥! 쿨럭! 죄, 죄송합니다. 아직……이에요."

"여보…… 조금만…… 조금만 더 버티면 되는데……."

휴이와 필리아나도 피를 토해가며 전이 법진을 구축하는 중이었다.

자신의 한계를 뛰어넘는 페이스로 작업을 진행한 탓에 둘 다 마나 결핍증을 일으키고 있었다. 마력이 완전히 바닥을 드러내는 것도 머지않은 듯했다.

"니, 니나 씨…… 저, 정신을 잃으시면 안 돼요!"

"……으, 윽…… 꼴사나운 모습을 보여서, 미안……."

어깨와 다리에 큰 부상을 입어서 쓰러진 니나를 의학생인 네쥬가 필사적으로 치료하고 있었다. 레너드와 함께 전선을 지탱하던 그녀도 이미 한계를 넘은 상황이었다.

애초에 일개 상인에 불과한 그녀가 여기까지 버틴 것만 해
~~~~

도 충분히 찬사를 받을 만했다.

"아아…… 다, 다들……."

그리고 레닐리아는 비통한 표정으로 일행을 그저 지켜볼 수밖에 없었다.

"……커헉?!"

그런 가운데 최후의 보루였던 레너드가 갑자기 피를 토했다.

"겨, 결국 와버렸나……! 이건 위험한데……."

레너드도 마력이 거의 바닥났는지 벽의 출력이 빠르게 떨어졌고, 망자의 무리도 서서히 거리를 좁히기 시작했다.

"크! ……이런 일에 말려들게 해서 미안해, 필리아나. 미안하다, 사랑하는 딸들아. 이 아버진 너희를 만나러 갈 수 없을 것 같구나……."

"아하하하하하하하하하! 이제야 체크메이트군요!"

엘레노아가 크게 웃음을 터트렸다.

마지막 순간까지 실컷 고생시켰지만, 그것도 이젠 끝이다.

레너드 일행은 몰려든 망자들에게 갈기갈기 찢겨 죽을 것이고, 엘레노아는 대도사의 명령대로 레닐리아를 확보하면 될 뿐.

'대도사님…… 당신께서 만드는 신세계에 제가 조금이나마 도움이 됐을까요? 아니, 아직 멀었어요. 이걸로 겨우……'

그렇게 승리를 확신한 엘레노아가 미주에 취한 순간.

챙그랑!

별안간 천장의 스테인드글라스가 깨지고 유리 조각이 그녀의 머리 위로 쏟아졌다.

"아앗?!"

"네 뜻대론 되지 않는다!"

그리고 유리 조각들과 함께 누군가가 떨어져 내렸다.

양손에 두 자루의 레이피어를 든 그 인물은 엘레노아가 간격에 들어오자마자 바로 검을 휘두르기 시작했다.

무수한 참격의 향연이 펼쳐지자, 사원 전체가 뒤흔들렸다.

그렇게 발생한 막대한 검압이 주변 일대를 휘몰아치며 날려버리자, 망자들의 파편이 사방팔방으로 흩어졌다.

"크윽?!"

그 인물의 기백과 박력에 밀린 엘레노아는 자신이 불사신이라는 사실도 잊고 이를 악물며 뒤로 물러나 검압의 영향권을 벗어났다.

그리고 이 상황을 만들어낸 정체불명의 인물은 아직도 멈추지 않는 검압의 폭풍 속에 생겨난 공간에 등을 돌린 채로 서 있었다. 몸에 걸친 방패와 날개 문양이 새겨진 케이프가 세찬 바람 속에서 휘날렸다.

"여전히 교활하게 시체 더미나 뒤지고 다니는 모양이군. 엘레노아 샤레트."

"……다, 당신은 누구요!"

적인가 아군인가.

눈을 휘둥그레 뜨던 레너드는 갑자기 끼어든 수수께끼의 인물에게 외쳤다.

"이름을 댈 만한 자는 아니오. 하오나 의(義)를 위해 이 자리에 참전했소."

그러자 그 인물이 천천히 엘레노아를 향해 몸을 돌렸다.

"다, 당신은?!"

그 얼굴을 본 순간, 엘레노아는 눈을 부릅떴다.

잊으려야 잊을 수 없었다.

약간 흰머리가 섞인 두발과 수염, 여전히 날카로운 눈빛. 누가 봐도 역전의 전사임을 알 수 있는 빈틈없는 자세.

과거에 알자노 제국 마술학원의 마술 경기제에서 엘레노아가 목걸이형 주살구(呪殺具)로 여왕을 인질 삼아 조종했던 저 남자의 이름은…….

"왕실 친위대 총대장, 《쌍자전》 제로스 드라그하트!"

"「전」이다. 이 천한 것아."

제로스는 당장 검으로 베어버릴 듯한 기세로 노려보며 전투태세를 취했다.

"레닐리아 왕녀 전하! 무사하셨군요!"

"제, 제로스 님…… 와주셨군요!"

왕실 친위대는 왕실 직속의 엘리트 호위대다.

어릴 적부터 익히 봐온 인물의 등장에 레닐리아의 표정이 확 밝아졌다.

제로스는 큰 목소리로 대답했다.

"그러하옵니다! 지금이야말로 용서받지 못할 대죄를 저지른 이 몸의 죄를 사해주신 폐하의 은덕에 보답할 때! 다시 한번 정의를 위해 이 한목숨을 불사르고자 찾아왔나이다!"

그리고 레너드를 비롯한 일행을 한 번 훑어보고 다시 큰 목소리로 외쳤다.

"그리고 이 자리에 모인 용사들이여! 지금까지 레닐리아 전하를 지켜주신 것에 진심으로 사의를 표하오! 이 여자의 상대는 나에게 맡겨주시오!"

"……귀공?!"

그 순간, 레너드는 눈치챘다.

이 넓은 제도를 돌아다니며 자신들을 찾을 때까지 수없이 많은 사투를 치른 제로스의 몸이 당장 숨이 끊어져도 이상하지 않을 정도로 엉망이라는 사실을.

하지만 사명감과 충성심에 불타는 제로스의 강렬한 존재감은 이 자리를 완전히 지배하고 있었다.

"우오오오오오오오오오오오오오오오오오!"

제로스가 두 자루의 레이피어를 휘두를 때마다 발생한 회오리가 망자들을 종잇장처럼 쓸어버렸다.

"……훗, 누군지 모르겠지만 참 뜨겁구려! 나도 질 수는 없지!"

그리고 레너드도 사용 한계를 넘은 마지막 반지를 빼버리고 기백으로 주문을 영창했다.

"《울부짖으라 불꽃 사자여》!"

그러자 화염구가 터지며 발생한 폭염과 압력이 다시 망자 무리 일부를 날려버렸다.

마지막 힘을 쥐어짜 낸 레너드는 제로스와 함께 망자들을 밀어붙이기 시작했다.

"크! 제로스……! 당신이 왜 여기에……!"

엘레노아도 질 수 없다는 듯 계속해서 망자들을 소환하자, 새로 추가된 망자들이 마치 세상 전체를 삼키려는 재앙의 대홍수처럼 밀려들었다.

"저번 실수로 왕실 친위대에서 제적된 당신은 실의에 잠겨 술독에 빠져 살고 있었을 텐데……!"

하지만 제로스는 그 전부를 검으로 쓸어버리며 외쳤다.

"네놈은 이해할 수 없을 거다, 엘레노아 샤레트!"

"……?!"

"대죄를 범하고, 치욕을 겪은 난 내 인생을 걸고 쌓아온 전부를 잃었다! 더는 잃을 게 없으니 이대로 사랑하는 제도와 운명을 함께하는 것도 괜찮겠다는 생각이 들 정도였지! 망자의 손에 죽을 바에야 차라리 스스로 목숨을 끊을 각오도 했었다!"

제로스는 끊임없이 검을 휘두르며 적을 밀어붙이고, 쓸어버리고, 터트리고, 날려버렸다.

"하지만 모든 것을 체념하고 목숨을 끊으려고 한 순간…… 한 사내의 눈이 머릿속에서 떠오르더군!"

"……?!"

"그날…… 온갖 역경 속에서 승산이 없음을 알면서도 내게 도전했던 사내. 포기하지도, 달아나지도 않고 진정한 의미에서 폐하를, 그 소녀(루미아)를 마지막까지 구하고자 발버둥 친 그 사내…… 글렌 레이더스! 내가 결정적인 과오를 저지르기 전에 스스로 몸 바쳐 막아준 그 사내의 눈이…… 죽음을 목전에 둔 날 쳐다보고 있는 게 아닌가! 아직도 내 영혼을 사로잡은 채 놔주지 않고 있는 게 아닌가!"

""""……?!""""

글렌 레이더스라는 이름이 나온 순간, 이 자리에 있는 모두가 놀라서 눈을 크게 떴다.

하지만 제로스는 개의치 않고 사납게 계속 검을 휘두르며 외쳤다.

"제도가 이런 위기 상황에 처했는데도 절망에 빠져 목숨을 끊는 건…… 이런 나조차 구해준 그 젊은이에게 너무나도 미안한 일이라는 생각이 들더군! 정말 창피해서 면목이 없었다! 하지만 나에겐 아직 해야 할 일이 남아 있었지! 나는 왕실 친위대! 설령 그 직함과 영광을 잃더라도 내 마음은 항상 왕가와 함께 있을지니! 육신은 쇠할지언정 영혼은 불멸! 그러니 난 그 책무를 다할 것이다! 이 목숨이 다할 때까지!"

"제, 제로스 님…… 감사, 해요. 당신이야말로 진정한 충신이에요……."

레닐리아는 눈물을 뚝뚝 흘리며 분투하는 제로스의 등을 바라보았다.

"쳇! 뭐가 뭔지 영문을 모르겠는데…… 이대로면 왠지 그 밉살스러운 교사한테 진 것 같아서 싫군."

"우후후, 그럼 조금 더 힘내 보죠. 여보♪"

그러자 레너드와 필리아나도.

"네쥬 양. 이 상처 좀 묶어줘! 그럼 다시 움직일 수 있을 것 같거든!"

"니나 씨?! 아, 예! 해볼게요!"

니나와 네쥬도.

"움직여…… 움직여라, 내 손가락! 설령 이대로 죽더라도…… 이 법진만은 반드시 완성하겠어! 난 이제 스스로 아무것도 하지 않은 채 후회하고 싶지 않아!"

가장 마력 결핍 증상이 심각한 휴이조차도.

지금까지 거의 빈사 상태였던 이들이 마치 좀비처럼 부활했다.

삶에 대한 희망을 얻고 활력을 되찾은 것이다.

"어, 어떻게……?!"

엘레노아는 다시 대량의 망자를 소환하며 이를 악물었다.

"저들은…… 왜 그 남자의 이름이 나오자마자 이토록……!"

모르겠다. 도저히 이해할 수가 없었다.

저들은 전부 빈사 상태였지만, 어째선지 쓰러트릴 수가 없었다.

아무리 물량으로 밀어붙이려 해도 이해할 수 없는 저력을 발휘해 공세를 전부 막아냈다. 마치 악몽이라도 꾸는 것처럼 저들의 방어선을 뚫을 수가 없었다.

"이 하루살이 같은 놈들이…… 레닐리아 왕녀는 대도사님의 비원을 달성하기 위해 필요한 존재이건만……! 이…… 이…… 이 빌어먹을 것드으으으으으으으으으으으으을!"

엘레노아는 분노와 원망을 흩뿌리며 다시금 망자를 소환했다.

그리고…….

~~~~.

"결국, 전부 놓쳤다는 겁니까."

갑자기 뒤에서 들려온 목소리에 과거를 회상하던 엘레노아의 의식이 현실로 돌아왔다.

고개를 돌리자, 어느새 그곳에는 파웰이 서 있었다.
~~~~

“별일이군요. 당신쯤 되는 분이 이 중요한 국면에 그런 실패를 하다니요.”

“파웰 님…… 정말 죄송합니다.”

엘레노아는 원통한 표정으로 고개를 숙였다.

“뭐라 드릴 말씀이 없습니다. 저는…….”

“괜찮습니다, 엘레노아 님.”

하지만 파웰은 여전히 인자한 표정으로 위로했다.

“처음부터 당신이 맡은 역할은 그 탁월한 네크로맨시로 제가 준비한 《울티무스 클라비스》를 페지테까지 인도하는 것. 루미아 틴젤의 스페어 확보는 **덤**이었지요. 그렇지 않습니까?”

“하오나…….”

“무얼, 모든 건 대도사님께서 쓴 각본대로. 당신이 가슴 아파할 필요는 없습니다. 당신은 이대로 자신의 역할을 완수하면 되는 겁니다. ……「주께선 우리를 위해 피를 흘리셨나니 우리는 그저 침묵하면 될 지어다」.”

파웰이 그렇게 성서의 한 구절을 읊은 순간.

『아하하, 그렇군. 그쪽도야? 이건 좀 예상외……려나?』

두 사람 앞에 흐릿한 환영이 나타났다.

소수민족의 문양이 자수된 로브를 걸친 은발의 미소년 펠로드 베리프. 하늘의 지혜 연구회의 최고 지도자이자 고대에서 되살아난 마왕이기도 한 《대도사》였다.

“대, 대도사님……!”

“허어, 아무리 환영이라지만 계획 도중에 저희에게 모습을 드러내시다니. 흐음…… 혹시 무슨 문제라도 있었던 겁니까?”

『응, 조금. 방금 루미아 틴젤…… 아니, 나의 사랑스러운 《하늘의 천사》 레 파리아의 확보에 실패했어.』

“……?!”

펠로드가 유쾌하게 너스레를 떨자 엘레노아가 눈을 부릅떴다.

『물론 완전히 실패한 건 아니지만 말이야. 다만, 예정에선 크게 벗어났지.』

“호오? 『타움의 천문신전』에서 대체 무슨 일이 있었기에?”

파웰이 흥미진진한 눈으로 의문을 표했다.

『글렌 레이더스, 시스티나 피벨, 루미아 틴젤 이 셋이 세리카의 행방을 쫓아 대 플라네타륨 장치— 시공간 전이 장치까지 찾아왔더라고. 그래서 이 틈을 노리고 루미아 틴젤을 확보해볼까 했는데…….』

펠로드는 어깨를 으쓱였다.

『마치 타이밍을 잰 것처럼 등장한 라 틸리카와 르 실바에게 한 방 먹었지 뭐야. 특히 르 실바…… 그녀가 문제였어. 고룡의 화신인 것도 있지만, 내가 루미아를 확보하려는 전개를 예상한 세리카가 그녀에게 다양한 비장의 패를 맡긴 것 같더라고. 이쪽의 빈틈을 찌르고 루미아의 영혼에서 《하늘의 천사》 레 파리아의 영혼만 육체에서 떼어내더라니까?』

"호오, 그런 일이? 사실이라면 그야말로 엄청난 고도의 심령수술식이로군요."

『육체에서 떼어낸 산 자의 영혼은 그대로 내버려두면 바로 섭리의 원환에 삼켜져 버리니까 말이야. 난 레 파리아의 영혼을 보호하는 게 먼저라 그냥 물러났지만…… 뭐, 그래. 따지고 보면 이 상황 자체가 아득한 수천 년의 세월을 넘어 도착한 세리카의 선물이었던 셈이지.』

"허허허, 그랬군요. 과연 『정의의 마법사』라고 해야 할지."

파웰이 껄껄 웃음을 터트렸다.

"하나…… 그렇다면 우리 계획에는 아무런 지장도 없겠군요."

『그래, 맞아. 영혼뿐이라곤 해도 내가 수천 년에 걸쳐 세운 계획대로 《하늘의 천사》 레 파리아는 재생했고, 다시 내 손으로 돌아왔으니까. 좀 더 욕심을 부리자면 이 세상에서 그녀가 《하늘의 천사》로서의 권능을 완전히 발휘하기 위해 필요한 그릇인 《만물의 어머니》 알테나의 피를 이은 육체도 있었으면 좋았을 텐데 말이지.』

"그, 그건…… 죄송합니다!"

엘레노아가 다시 침통한 얼굴로 고개를 숙였다.

그 알테나의 피를 이은 자가 바로 루미아의 언니였기 때문이다. 루미아와 나이가 비슷한 젊은 육체야말로 이런 만에 하나의 사태를 대비해서 필요했던 것이다.

사신(邪神)들이 있는 외우주와 이 세상은 다른 위상 차원에 존재한다. 그러하기에 권능을 발휘하려면 그것을 중개하는 인터페이스— 영혼의 그릇인 육체가 필요했다.

적합한 육체가 없다면 사신의 힘은 크게 제한된다. 지금은 남루스라 불리는 라 틸리카가 본신의 힘을 거의 쓰지 못하는 것도 같은 이치였다.

『하하하, 엘레노아. 진짜 신경 쓰지 않아도 괜찮다니까?』

그런데도 실패하고 만 엘레노아는 쥐구멍에라도 숨고 싶은 심정이었다.

『가능하면 레 파리아를 루미아 틴젤의 육체와 함께 확보하는 게 베스트였고, 레닐리아의 육체가 있는 건 차선책이었어. 하지만…… 정말로 필요한 건 아득히 오랜 시간을 거쳐 완전히 수복된 레 파리아의 영혼이야. 영혼의 확보에 성공한 이상 계획엔 아무런 지장도 없으니까.』

"예, 그 말씀대로입니다."

파웰도 수긍했다.

"그건 그렇고 세리카도 참 어리석군요. 이왕 주는 김에 루미아 틴젤의 존재 자체를 소멸시키는 술식을 줬다면 굳이 영혼만 떼어내는 번거로운 짓을 하지 않아도 됐을 텐데 말입니다."

『하하하, 그러게. 하지만 고민해봤자 어쩌겠어. 결국 난 마지막까지 세리카가 무슨 생각을 하는지 조금도 이해할 수 없었는걸.』

펠로드와 파웰이 동시에 웃었다.

『뭐, 그렇게 됐으니 앞으로의 일정에 변경은 없어. 마침 다들 이렇게 모이기도 했고.』

““““…….””””

자세히 보면 엘레노아와 파웰 뒤에는 수많은 외도 마술사들이 모여 있었다.

하늘의 지혜 연구회에 적을 둔 고위계 마술사들이다.

이번 『라스트 오더』 계획을 위해 전 세계에서 이 땅으로 모여든 것이다.

“그리운 얼굴들이 모였군요.”

파웰은 감개무량한 목소리로 말했다.

“그건 그렇고 아는 얼굴이 꽤 줄어들었군요. 미쳐버린 『정의』가 괜한 짓을…….”

『뭐, 이런 일도 있는 법이지. 그래도 이만한 전력이 있으면 문제될 건 없어.』

“예, 그 말씀대로입니다. 그렇다면 앞으로의 동향에 주의가 필요한 적측의 인물은…….”

『르 실바, 단 한 명뿐이겠지. 세리카가 그녀에게 대체 어떤 비장의 패를 남겨줬는지 알 수 없으니 말이야. 하지만 그 외에는 있든 없든 상관없어. 전부 내 손바닥 위를 벗어나지 못해. 만약 이 시대에서 우리의 진짜 목적을 눈치채는 자가 있다고 해도 난 그런 상황조차 상정하고 계획을 세웠으니 이제 남은 건 목적을 달성하는 것뿐이야. 이 시대의 인간과 마술로는 막을 방법이 없으니까 말이지.』

그리고 대도사 펠로드는 이 자리에 집결한 외도 마술사들을 돌아보며 낭랑하게 선언했다.

『제군, 오늘 이 순간까지 정말 잘 해주었다! 마침내 수천 년에 걸친 내 비원이…… 모두의 꿈이 이뤄질 날이 왔다! 우리가 위대한 하늘의 지혜에 이르는 그때가, 진리를 손에 넣을 때가 온 것이다! 자, 이게 마지막 싸움이다! 모두 힘을 빌려다오! 이 나에게! 그러면 난 제군들을 하늘의 경지까지 인도하마! 약속의 땅으로 데려가주마! 자…….』

"""하늘이신 지혜에 영광 있기를!"""

…………

"……."

외도 마술사들이 계획의 성공과 위대한 영광을 누리게 될 것을 확신하는 한편, 엘레노아는 형언할 수 없는 불안감을 느꼈다.

대도사 펠로드를 신뢰하지 않는 건 결코 아니었다.

그가 일을 그르칠 리 없고, 그가 수천 년에 걸쳐 쌓아온 계획은 이 시대의 인간이 이제 와서 발버둥 쳐봤자 막을 수 있는 수준이 아니다.

그건 이루어지는 게 당연한 일이었다. 의심할 여지조차 없었다.

그런데도 어째선지 마음속에 싹튼 일말의 불안감은 마치 맹독처럼 퍼져나가고 있었다.

'돌이켜보면…… 레닐리아 왕녀 확보의 실패.'

자신이 그 임무에 실패한 것은 어째서일까.

생지옥이 된 제도, 그 절망적인 상황 속에서도 레너드 일행은 도대체 어떻게 마지막까지 희망을 잃지 않고 저항할 수 있었던 것일까. 어떻게 제로스가 절호의 타이밍에 참전할 수 있었던 것일까.

'그리고…… 대도사님께서 레 파리아 님의 영혼을 확보하는 것에 그친 것도…….'

도대체 왜 실패했던 것일까.

르 실바의 방해 때문이었다고 들었지만, 그 고고한 백은룡이 왜 그렇게까지 해서 인간을, 글렌의 편을 들어준 것일까.

따지고 보면 르 실바는 세리카의 사역마나 다름없는 존

재. 그러니 세리카의 명령대로 글렌을 도와줬다고 하면 이해할 수 없는 건 아니었다. ……하지만 정말 그것뿐일까.

마치 답이 없는 미궁 속에 빠진 것 같았지만, 단 한 가지만은 알 수 있었다.

'글렌 레이더스…….'

그렇다. 모든 실패의 이면에는 그 남자의 존재가 다양한 형태로 관여하고 있었다.

그가 이번 일에 관여한 모든 이의 행동원리에 영향을 주는 바람에 자신들의 계획이 실패로 돌아간 게 아닐까 하는 생각을 도저히 머릿속에서 털어낼 수가 없었다.

'말도 안 돼요. 설마 그럴 리가…….'

전에 『사교 무도회』에서 접촉한 적이 있는 자신이기에 알 수 있었다.

글렌 레이더스는 어디까지나 삼류 마술사에 불과하다. 역사의 커다란 흐름에 관여할 수 있는 그릇이 아니었다. 역사의 분수령을 가를 수 있는 인물이 아니었다.

알리시아 7세 같이 사람을 모으고 이끄는 카리스마도 없고.

이브 이그나이트 같은 천재 군략가도 아니고.

알베르트 프레이저 같은 최강의 마도사도 아니고.

리엘 레이포드 같은 영웅도 아니며.

당연히 저티스 로우판처럼 무슨 짓을 저지를지 전혀 예상할 수 없는 최악의 트릭스터조차 아니었다.

길바닥에 난 잡초나 다름없는, 별 볼 일 없는 잔챙이인 것이다.

그런데도…….

'대도사님께선…… 앞으로 가장 경계해야 할 상대가 르 실바라고 말씀하셨지만…….'

그게 정말일까?

오히려 자신들이 가장 경계해야만 하는 대상은…….

'아냐, 그럴 리 없어. ……말도 안 돼! 대도사님께서 판단을 그르치실 리 없잖아! 대도사님의 판단을 의심해선 안 돼! 난 그저 믿으면 돼! 대도사님께서 비원을 성취하고 날 구원해주실 그날만을 기다릴 뿐……! 오직 그뿐이야!'

엘레노아 샤레트에게도 비원은 있었다.

그녀를 구성하는 원초의 기억—.

—돌이켜보면 그녀의 머릿속에는 늘 지옥 같은 광경이 들러붙어 있었다.

지금도 꿈에서 나오면 토할 것만 같은, 어느 지하 고문실에서 겪었던 끔찍한 풍경이.

아직도 귀에 남은 **여자들**의 울부짖는 소리. 단말마. 고통스러운 절규. 용서를 구하는 갈라진 목소리.

밤낮을 가리지 않고 들리는 채찍질 소리, 살이 타는 냄새, 뼈가 끊어지는 소리, 피비린내와 시체 썩은 내.

절규. 비명. 절망. 울음. 절망. 절규. 절망. 절망. 절망. 절망.

거기에 있었던 건 그저 순수한 절망과 동시에 절대적인 절망뿐이었다.

저항할 방법조차 없는 불합리함의 극치.

도망칠 곳 따윈 존재하지 않았다. 죽음조차 허락되지 않았다.

애당초 **고작 죽는 정도로 도피할 수 있었다면 참으로 행복했을 터.**

그런 지옥이라는 말조차 부족한 지옥 속에서.

당시의 나는 무한에 가까울 정도로 길고 긴 시간 동안 철저하게 부서지고, 유린당하고, 범해지고, 존엄을 짓밟혀가며 완전한 「죽음」을 맞이했었다.

………….

“왜 그러십니까. 엘레노아 님.”

파웰의 목소리에 엘레노아는 퍼뜩 정신을 차렸다.

“……아뇨, 아무것도 아니에요.”

그 짧은 순간에 모든 의문과 불안을 마음 한구석에 밀어 넣고 우아하게 미소 지었다.

“이제 머지않았네요. 다가올 신세계의 개막에 저도 좀 흥분한 모양이에요.”

"허허허, 그건 참 좋은 일이로군요. 생각해 보면 당신도 참 고생이 많으셨습니다. 전 당신 같은 분이야말로 구원받고, 행복해질 자격이 있다고 봅니다만."

"제가 뭘요. …… 전 그저 지금까지처럼 대도사님을 성심성의껏 섬길 뿐이랍니다."

그렇게 엘레노아는 따스하게 미소 지었다.

"하늘이신 지혜에…… 영광 있기를."

―――――.

제3장 목숨이 있는 한

지금보다 아득히 먼 과거, 성력전 4천 년.

마장성 《철기강장》 아세로 이엘로를 격파한 글렌과, 그것을 계기로 큰 혼란에 빠진 마도 멜갈리우스에서.

"전 이바예요! **이바 이그나이트**요!"

《비탄의 탑》을 향해 달려가는 글렌의 등 뒤에서 붉은 머리 소녀의 목소리가 들렸다.

"언젠가…… 언젠가 또 만날 수 있을까요?!"

지금의 그에게는 돌아볼 여유도, 멈춰 설 여유도 없었다.

"……**물론이지**."

그래서 바로 떠날 수밖에 없었던 글렌의 입가에는 어째선지 작은 미소가 떠올라 있었다.

붉은 머리 소녀와 헤어진 후, 봉기한 민중과 지배계층인 마술사들의 충돌로 혼란스러워진 틈에 거리를 질주하던 글렌은 마침내 도착하고야 말았다.

흡사 저 하늘을 찌를 듯한 사각추 형태의 건조물, 《비탄의 탑》에.

그리고 정점에 있는 입구로 들어가기 위해 측면에 설치된 긴 계단 위를 달리기 시작했다.

시간이 지날수록 하늘이 가까워지고 땅이 멀어졌다.

잠깐 시선을 내리자 밑에서는 전화의 불길이 거세지고 있었다.

"그러고 보니…… 슬슬 시작됐겠군."

글렌의 혼잣말에 남루스가 반응했다.

"뭐가?"

"슬슬 페지테에선 《울티무스 클라비스》와 본격적인 싸움이 시작됐겠구나 싶어서."

그러자 그녀는 어이없는 표정으로 한숨을 내쉬었다.

"저기, 당신. 애당초 이 시대랑 그 시대는 시간 축부터 다르거든? 슬슬이라는 단어 자체가 난센스라구."

"나, 나도 알아! 내가 말하고도 좀 이상하다 싶었다고!"

글렌은 토라진 듯 고개를 돌리며 그대로 다시 계단을 오르기 시작했다.

"……걱정돼?"

그런 그의 옆얼굴을 가만히 응시하던 남루스가 갑자기 그런 말을 꺼냈다.

그러자 글렌도 잠시 사이를 두더니 슬쩍 웃으면서 대답했다.

"걱정되지 않는다면 거짓말이겠지만…… 괜찮아."

"……."

"내 동료들과 학생들은 너 나 할 것 없이 무지막지하게 강한 녀석들이니까."

알베르트와 리엘을 시작으로 믿음직한 이들의 얼굴이 하나씩 떠올랐다.

"그리고…… 무엇보다."

그때 글렌의 머릿속에서 마지막으로 떠오른 것은 어째선지 조금 전에 헤어진 붉은 머리 소녀와, 그녀의 얼굴과 겹쳐 보이는 한 여성이 모습이었다.

"**그 녀석**도 있으니까."

"그래."

그 말을 끝으로 남루스도 입을 다물었고, 둘은 《비탄의 탑》 정상을 향해 쉴 새 없이 다리를 움직였다.

―――.

――.

―.

성력 1854년 노바의 달 1일.

한 해가 저물고 동이 트자 밤의 장막이 서서히 지평선 너머로 넘어가고 있었다.

오늘은 피비린내 나는 전장과 어울리지 않는 구름 한 점

없는 맑은 날이었다.

"……결국 이날이 왔네."

그런 새벽을 이브는 알자노 제국 마술학원 본관의 옥상에서 맞이했다.

현재 제국군 본진은 이 마술학원 부지 안에 존재했다.

주위에는, 마술로 투사된 페지테 주변과 각지의 영상이 떠올라 있었다.

그리고 이브는 그 영상들을 훑어보며 선언했다.

"페지테 최종 방위군 전 부대 및 전 분대에 통달. 전술 페이즈 1, 상황 개시."

""""라저!""""

그 호령과 동시에 사관들이 바쁘게 움직이기 시작했다.

페지테 성벽. 방어 에어리어 A.

도시를 높이 에워싼 그 성벽 위에는 긴장한 표정의 병사들이 정렬 중이었고, 전원이 **그 광경**을 목격하고 말았다.

"……아, 아아아, 아아아아아아……?!"

동요와 불안과 공포가 병사들의 마음을 지배했다.

시야가 넓게 트인 성벽 위에서 저 멀리 보이는 지평선을 가득 메운 채 파도처럼 밀려오는 《울티무스 클라비스》의 본대가 그들 앞에 모습을 드러냈기 때문이다.

하지만 그것은 군대라는 개념을 완전히 부정하는 듯한 터무니없는 광경이었다.

이미 군대조차 아닌, 썩은 시체로 이루어진 거대한 바다나 다름없었다.

그런 망자들이 지평선 끝에서부터 파도처럼 서서히, 확실하게 이쪽으로 밀려오고 있었다.

여태까지의 산발적인 공세와는 차원이 달랐다. 이 페지테를 무너트리고 말겠다는 절대적인 의지— 적이 「진심」임을 느끼게 하는 대군이었다.

"……승산이…… 있기는 한 걸까?"

그 누군가의 혼잣말이 성벽을 지키는 모든 장병의 마음을 대변하고 있었다.

"……걱정 마. 이브 각하를 믿어보자고."

그리고 다시 누군가가 그렇게 중얼거린 순간, 이 자리에 있는 모두가 당장에라도 도망치고 싶은 마음을 접어두고 두 다리로 굳건히 바닥을 내디뎠다.

———.

"흠, 슬슬 시간이 됐나요?"

"예."

파웰과 엘레노아는 페지테로 향하는 《울티무스 클라비스》를 지켜보며 대화를 나누었다.

"슬슬 시작해도 좋을 타이밍이겠죠."

그렇다. 이런 식으로 각 방면을 빈틈없이 에워싸고 적 거점에 압력을 행사하면 적이 선택할 대응은 하나밖에 없으리라.

분명 제국 최종 방위군은 전술급— A급 군용 마술을 준비하고 있을 터.

그 전술 의식 마술을 《울티무스 클라비스》의 한복판에 날린다면 그 경천동지할 파괴력으로 막대한 수의 망자를 세상에서 지워버릴 수 있을 터.

《울티무스 클라비스》에게 큰 타격을 주고 앞으로의 농성전을 유리하게 끌고 갈 방법은 이제 그것밖에 없으리라.

이런 식으로 개전과 동시에 A급 군용 마술을 적진이나 적의 거점에 투하하는 것은 근대 마술 전쟁에 있어서 기본 중 기본이었다.

"예정대로군요."

"예, 예정대로예요."

하지만 파웰과 엘레노아는 조바심을 내기는커녕 여유마저 드러냈다.

"오히려 이쪽은 A급 군용 마술로 《울티무스 클라비스》를 어느 정도 줄여놓으면 일이 더 수월해질 텐데 말입니다."

"……그렇죠. 이미 「제단」의 범위 안에 들어와 있으니까요."

"정말 어리석은 자들입니다. 활로를 찾기 위해 눈물겨운 노력으로 전술 의식 마술을 준비했겠지만…… 그게 오히려 자신들의 목을 죄는 결과가 되리라곤 상상조차 못 하고 있겠지요."

그렇게 조롱하는 파웰의 표정은 한없이 인자하기만 했다.

"자, 과연 대체 어떤 의식 마술이 날아올까요? 정석대로 운석을 떨어트려 불꽃과 강철의 재앙을 일으키는 소환의(召喚儀) 【서먼 미티어 스웜】일까요? 혹은 진홍의 초열연옥을 초래하는 흑마의 【레드 크림슨 퍼거토리】? 아니면 조금 의표를 찔러서 극한의 빙결 지옥을 불러오는 흑마의 【이터니티엘 코퀴토스】려나요?"

"……."

마치 룰렛에 배팅이라도 하는 듯한 파웰의 말을 엘레노아는 그저 묵묵히 흘려 넘기며 눈앞의 전장을 확인했다.

————.

한편, 같은 시각.

제국군 본진이 설치된 마술학원의 본관 옥상에서는 이브가 빛의 마술로 머리 위에 투영된 각 전장의 영상들을 올려다보면서 조용히 서 있었다.

"각하! 적의 제1진이 제1전술거리까지 침공!"

"이 속도대로 침공을 허용하면 30분 안에 이 페지테의 성벽 구역인 에어리어 A, 에어리어 B, 에어리어 C에 도달할 겁니다!"

"이제 곧 위험 영역(보더라인)에 도달! 이 이상 끌어들이는 건 한계일 것 같습니다!"

그리고 주위에서는 모노리스형 마도 연산기(마기퓨터)와 통신 등을 위한 각종 마도장치 앞에 앉은 수많은 마도사관들이 각 전장의 상황을 보고하고 있었다.

"시작됐네."

이브는 마음을 가라앉히기 위해 한 차례 숨을 내쉬었다.

"때가 됐어. ……크리스토프, 가능할까?"

"예, 언제든지."

그녀 옆에서 대기 중이던 크리스토프가 고개를 끄덕였다.

옥상에서 내려다보이는 마술학원의 중정에는 거대한 의식 마술법진이 그려져 있었고, 그것을 둘러싼 수많은 마도병들이 이미 주문을 동조(싱크로) 영창하고 있었다.

대량의 마력이 주입된 법진이 그 힘을 해방할 순간을 애타게 기다리고 있는 것이다.

그렇게 완벽하게 준비된 상태를 확인한 이브는 왼손을 들었다.

"시작하자. ……여왕 폐하로부터 전권을 받은 제국군의 원수이자 제국 최종 방위군 총사령관 이브 디스트레의 이름을 걸고 권능 대행, 기동 승인!"

"라저, 기동 승인!"

“전술 의식 마술 코드 알파! 제1부터 제10법진까지 동시 전개 전 해방! 즉시 기동!”

“““라저! 코드 알파! 기동!”””

이브의 호령. 크리스토프의 신호. 의식 마도병들의 복창.

그렇게 마술 발동의 열쇠가 되는 주문을 영창한 순간.

“타깃 올레인지! 발사(포이어)!”

파앗!

마술학원 중정에 그려진 거대한 마술법진이 막대한 빛을 내뿜은 후, 저 아득히 먼 천공을 향해 한 줄기 빛을 내쏘았다.

그렇게 하늘 너머까지 꿰뚫은 빛이 산산이 흩어지며 소멸하자, 맑은 하늘에 **구름**이 생겨났다.

무거운 회색 구름이다.

그것이 페지테 상공을 중심으로 삽시간에 주위로 퍼져 나갔다.

마치 끝이 없는 것처럼 퍼져 나간 구름은 곧 《울티무스 클라비스》의 위까지 도달했고, 지평선 너머까지 360도 전방위를 뒤덮었다.

이제 하늘은 마치 머리 위에 뚜껑을 덮은 것처럼 어둠이 가득했다.

동이 튼 지 얼마 안 됐는데도 주위는 마치 밤처럼 어두컴

컴했다.

강풍에 세차게 부는 최악의 악천후였다.

그리고 마치 하늘이 울기 시작한 것처럼.

더는 못 견디겠다고 하는 것처럼.

툭.

비가 내리기 시작했다.

투둑, 투두둑…….

빗발이 점점 거세지고.

쏴아아아아아아아아아아아아아아아아아…….

이윽고 천둥이 치는 동시에 세찬 빗줄기가 주변 일대를 지배했다.

———.

고작 비.

바람이 불긴 해도 그래봤자 태풍 수준은 아니었다.

애당초 시야가 나빠진다고 해서 망자의 군대에 문제가 생기는 건 아니었다. 오히려 유리하게 작용하리라. 그렇듯 딱히 《울티무스 클라비스》의 침공에 방해가 되는 건 아니었다.

하지만.

그럼에도 파웰과 엘레노아는 놀라서 굳어버릴 수밖에 없었다.

"호오, 이건……."

"맙소사! 성의(聖儀) 【퓨리파이 드레인 생크추어리】?! 이런 상황에서 어떻게 이런 마술을 쓸 생각을 한 거죠?!"

————.

쏴아아아아아아…….

거센 소리를 내리며 쏟아지는 비를 맞고 있는 이브는 머리 위의 영상 너머에 있는 《울티무스 클라비스》를 보고 만족스럽게 웃었다.

"흥, 어때? 확실히 이 마술엔 전황을 좌우하는 공격성은 전혀 없어. 그래도…… **곤란하지? 너희 하늘의 지혜 연구회 입장에선** 말이야."

그리고 이틀 전 심야에 열린 긴급 작전 회의를 떠올렸다.

~~~~.

"이브 원수! 당신 지금 제정신이오?!"

새로운 작전을 발표한 이브에게 장교들의 매도가 쏟아졌다.

"대체 무슨 생각을 하시는 겁니까!"

"하필이면 왜 그런……!"

"그 마술을 쓰는 것에 대체 무슨 의미가 있다고!"
~~~~

"그게 정말 지금까지 당신의 지시로 실컷 고생해가며 구축한 A급 군용 마술 의식을 파기하고 그 리소스를 할당할 만큼 가치가 있는 일인가?!"

당연히 이런 반응이 나올 것을 예상했던 이브는 책상을 강하게 내리치며 일갈했다.

"닥쳐! 질문이 있는 사람부터 거수해!"

그러자 그녀의 박력과 위엄에 눌린 장교들이 단숨에 입을 다물었다.

"화내서 미안. 당신들의 심정은 이해해. 지금까지 공들여 준비한 테이블을 뒤엎는 거나 다름없는 짓이니까. 그래도 작전은 변경할 거야. 지금까지 준비한 전술급 의식 마술을 파기하고 방금 지정한 의식 마술로 시급히 재편해야만 해. 그 마술의 이름은 성의【퓨리파이 드레인 생크추어리】. 이건 원수로서 내리는 명령이니 반론은 듣지 않겠어!"

"끙……."

그럼에도 어느 정도 나이가 있는 장교 중 하나는 도저히 납득이 되질 않는지 신음을 흘렸다.

"왜지? 대체 왜 전장에선 아무런 도움도 되지 않는 그런 마술을……? 혹시 모르나? 성의【퓨리파이 드레인 생크추어리】는…… 어디까지나 **전후 처리용 마술**인데……."

한 장교의 혼잣말이 이 자리에 모인 장교 대부분의 심정을 대변하고 있었다.

성의【퓨리파이 드레인 생크추어리】.

거창한 이름과는 반대로 이 마술에 공격 능력은 전혀 존재하지 않았다.

예를 들어 다수의 인간이 처절한 살육전을 벌이는 전장에서는 다양한 부의 감정, 피와, 죽음, 목숨이 흩뿌려지기 마련. 대부분이 격렬한 감정을 품고 죽기 때문에 그 생명과 영혼이 토지에 얽매인 채 「부정함」이나 「저주」가 되어 훗날 다양한 영적 장애를 일으키는 원인이 되기도 했다.

때문에 그런 더럽혀진 토지를 정화해서 다시 이용 가능한 상태로 되돌리는 마술이 바로 성의【퓨리파이 드레인 생크추어리】였다. 글자 그대로 **전후 처리용 마술**인 셈이다.

즉, 전쟁 중에는 일절 쓸 이유가 없는 마술이기도 했다.

"이 마술의 필요성에 관한 건 조금 있다 설명할게. 먼저 적—《하늘의 지혜 연구회》의 이번 최종 공세에 얽힌 진정한 목적을 공유할 필요가 있거든."

"적의…… 목적?"

"그야 당연히 우리 알자노 제국을 멸망시켜서 자신들의 손아귀에 넣는 게 아니었소?"

"그렇게 생각하는 게 **보통**이겠지. 그래도…… 일단 이 남자의 이야기를 들어봐. 알자노 제국 마술학원의 마도 고고학 교수인 포젤 루포이야."

"내 연구 내용을 발표해도 좋다는 말을 듣고 왔다!"

이브가 손가락을 튕기자, 약간 흥분한 기색의 포젤이 회의실 문을 박차고 들어왔다.

그리고 어안이 벙벙한 장교들 앞에 있는 단상에 서더니 벽의 보드에 붙인 중요한 전술자료와 보고서들을 멋대로 모조리 뜯어버렸다.

그 황당한 폭거에 뺨을 실룩거리는 군인들(이브도 포함) 앞에서 포젤은 자신이 가져온 자료들을 보드에 빼곡하게 붙이고 테이블 위에 말을 가지런히 배치한 전술 전황도 한가운데에 대량의 참고 서적을 내팽개치듯 떡하니 올려놓았다.

그리고 모두가 화를 삭이는 것을 완전히 무시하고 당당하게 말했다.

"이야기는 전부 들었다! 결론부터 말하자면 이 상황은 고고학적으로 유명한 어떤 상황과 몹시 흡사하다고 언급해두지! 요컨대, 【성배의 의식】인 거다! 지금 페지테의 상황은 동화 『멜갈리우스의 마법사』 속에서도 나오는 마왕이 과거 마도 멜갈리우스…… 즉, 구 페지테령에서 저질렀다고 하는 금단의 의식과 매우 흡사해! 이 【성배의 의식】이라는 건 『멜갈리우스의 마법사』 작중에서도 최대의 수수께끼다만, 우리마도 고고학자 사이에서는 「금기의 진리」에 다다르기 위한 것이 아닐까 예상하고 있지! 그 진리가 바로 금기교전(아카식 레코드)! 마왕은 【성배의 의식】을 통해 아카식 레코드를 손에 넣으려 했고, 그것이 바로 현왕이 마왕으로 타락한 가장 큰 이유이며 애당초 대전제부터 바꿔야 하겠지만…….”

————중략————

“……다시 말해! 이런 기록 문헌과 각종 유물들을 고찰하고 선인들이 지금까지 수도 없이 했던 레이라인 조사 결과를 통해 마도 멜갈리우스 그 자체가! 혹은 이 나라 자체가! 그 아카식 레코드에 도달하기 위해 만들어진 거대한 의식 제단 장치였다고 추측할 수 있는 걸세! 이 제단 위에서 빼앗긴 목숨은 그대로 공물로 바쳐지게 돼! 즉, 페지테가 함락되면 대량의 공물이 【성배의 의식】에 바쳐지게 되는 셈이지! 이로써 고대문명 최대의 수수께끼가 해명되는 거다! 수수께끼가! 과거에 정의의 마법사가 막아낸 그 【성배의 의식】이! 그 의식이 성공했을 때 과연 무슨 일이 일어나는 것인지! 아카식 레코드의 정체가 대체 무엇인지가! ……큭! 글렌 선생에게 학생들을 지켜주겠다고 약속했는데 아무래도 힘들 것 같군! 일개 마도 고고학 연구자로서 대체 무슨 일이 일어나는지 끝까지 지켜보고 싶어졌어! 좋아, 제군들! 지금 당장 페지테를 지키는 걸 멈춰! 이대로…… 앗! 이 자식, 이거 놔! 아직 내 말이 다 끝나지 않았다고오오오오오오오오……!”

신호를 받은 헌병들이 끌고 가는 포젤을 무시한 채, 이브는 한숨을 내쉬며 입을 열었다.

"……아~ 정리하자면 적의 목적은 이 페지테를 함락시키고 제국을 멸망시키는 게 아니라 과거에 『정의의 마법사』 때문에 완성 직전 단계까지 가서 실패한 【성배의 의식】을 다시 치르고 완수하는 거야. 이것이야말로 하늘의 지혜 연구회의…… 대도사의 진정한 목적인 셈이지."

장교들이 술렁이기 시작했다.

"마도 멜갈리우스 자체가 거대한 의식용 제단이고, 이 위에서 대량의 목숨을 바치는 것으로 【성배의 의식】은 완성돼. 그 마도 멜갈리우스가 있었던 장소 말인데…… 고대문명 당시에는 지금의 페지테보다 몇 배는 더 컸다나 봐. 이걸 봐."

이브는 포젤이 남기고 간 자료를 참고해서 지도 위에 선을 그었다.

"이, 이건……."

그러자 전원이 눈을 부릅떴다.

놀랍게도 당연히 페지테를 중심으로 지금까지 망자들이 산발적인 공세를 취했던 전장 — X표시가 된 장소 — 과 이번 마지막 싸움을 치를 예정인 전장을 전부 포함하고 있었기 때문이다. 우연으로 치부하기엔 너무나도 작위적인 배치였다.

"맞아. 우리는 줄곧 【성배의 의식】 제단 위에서의 싸움을 강요받고 있었어. 쓸데없이 망자의 군단을 격파하고 이쪽도 피를 흘려가며 【성배의 의식】에 피와 생명을 바쳐왔던 거야.

이제 왜 적이 일부러 네크로맨시까지 써가며 이 먼 데까지 망자들을 끌고 왔는지 좀 알겠지? 뱀파이어나 구울 같이 부의 생명력으로 살아가는 「불사자」들과 달리 네크로맨시로 사역하는 망자는 육체는 죽었어도 정의 생명력이 그 시신에 고착되어 있거든. 즉, **【성배의 의식】의 공물**이 될 수 있다는 뜻이야. ……상태는 좀 안 좋아도."

""""……?!""""

"요컨대, 적 입장에선 이 제단의 범위 안에 있는 한 제국군과 공물인 《울티무스 클라비스》의 충돌로 양쪽에 얼마나 피해가 발생하든 **전혀 상관없어**. 《울티무스 클라비스》는 페지테 시민과 마찬가지로 제단에 바치기 위한 공물이니까. 아카식 레코드를 얻기 위한 공물이니까. 당시 마도의 인구 자료를 보면 아무래도 현재 페지테 시민만으론 도저히 머릿수를 채울 수 없으니 일부러 레자리아 왕국에서 네크로맨시로 대량의 망자를 끌고 왔던 거야. 그래서 여태껏 영문을 알 수 없는 비효율적인 공세를 반복했던 거고."

"그, 그런 말도 안 되는 이야기가…… 혹시 그냥 우연이었을 가능성은 없나?"

"나도 차라리 그랬으면 좋겠어."

이브는 탄식했다.

"하지만…… 하늘의 지혜 연구회의 최고 지도자인 【헤븐】의 정체가 고대 마법문명을 지배한 마왕이었다는 건 이미

주지의 사실이잖아? 그렇다면 다양한 증거들이 공교로울 정도로 일치하는 이 상황이 우연일 리는 없어. 적의 목적이 【성배의 의식】인 건 이미 명백한 사실이라구!"

웅성, 웅성, 웅성…….

장교들은 크게 동요할 수밖에 없었다. 저 말이 사실이라면…….

"그, 그럴 수가. ……그럼 이 싸움에서 **이기든 지든 결과는 바뀌지 않는다**는 거잖아!"

적의 진정한 목적이 밝혀지자 장교들은 더 큰 절망에 빠졌다.

이 싸움은 무슨 수를 써도 페지테와 그 주변이 전장이 될 수밖에 없었기 때문이다.

즉, 어느 쪽이 이기든 대량의 생명이 제단에 바쳐지고 만다.

그렇게 되면 【성배의 의식】이 완성되고 대도사가 아카식 레코드를 손에 넣을 터.

아카식 레코드라는 것이 이 세계에 대체 어떤 영향을 끼칠지 알 수 없으나, 단 한 가지 확실한 사실은 고대 마법문명을 죽음과 공포와 절망으로 지배했다는 **실존하는 마왕**이 하늘의 지혜 연구회 같은 조직을 만들면서까지 수천 년 동안 공을 들여 손에 넣으려 하는 물건이라는 점이었다.

틀림없이 제대로 된 물건은 아니리라.

마왕은 고대 마법문명처럼 다시 이 세상의 정점에 군림해

지배하려는 것일까.

아니면 더 심한 짓을 저지르려는 것일까.

아무튼 자신들이 **이기든 지든 이 미래가 바뀌는 일은 없으리라**.

희망은 어디에도 없었다. 처음부터 이미 벼랑 끝에 몰린 상황이었다.

누구나가 그 사실을 깨닫고 절망에 빠진 순간.

"딱히 그렇지도 않아."

이브는 태연히 부정했다.

"오히려 적의 목적이 **페지테를 함락시키고 제국을 완전히 멸망시킨 후 지배하는 것**이 아닌 점에 활로가 있어."

"……그, 그게 무슨."

"성의 【퓨리파이 드레인 생크추어리】."

이브의 대답을 들은 순간, 전원이 퍼뜩 놀라 숨을 삼켰다.

"놈들이 쓰는 게 얼마나 인지를 초월한 고도의 마술인지 모르겠지만, 그게 마술인 이상 근본적인 구조는 크게 다를 리 없어. 만약 페지테라는 땅이 그 위에서 죽은 생명과 혼을 모아서 기능을 발휘하는 일종의 의식 제단이라고 친다면, 과연 마왕 혼자서 생명 수집 마술식만으로 그 넓은 범위를 커버할 수 있을까? 아무래도 그건 무리겠지. 이건 실력이 문제가 아니라고. 마왕의 뛰어난 마술 실력을 감안하면 가장 효율 좋은 수집기구를 채용했을 거라고 봐야해. 요컨대, 중간 매개체인 뭔가가 생명을 수집하고 있을 거야. 틀림없어. 그리고 이런 초 광범위 결계 마술을 펼칠 때는 반드시라고 해도 좋을 정도로 흔히 이용하는 매개체가 있잖아? 그럼 결계 마술의 대가인 프라울 가문의 크리스토프 군, 설명해줄래?"

"……토지의 레이라인이겠죠."

이브가 갑자기 자신에게 화제를 돌리자 크리스토프는 쓴웃음을 흘렸다.

"원래 이 땅은 지하로 통하는 활성 레이라인이 풍부하기로 유명했으니까요. 마술학원을 세운 이유도 그거였고…… 어쩌면 예전에 여기에 마도를 세운 것도 같은 이유 때문일지도 모르겠네요."

"맞아."

이브는 그 이야기가 나오는 걸 기다렸다는 듯 말했다.

"적이 이 페지테 주변의 레이라인에 건 마술식을 분석하고 있을 여유는 없고, 애당초 마술로 교묘하게 은폐해서 정체를 파악하기도 어려울 테니 이제 와서 개입하는 거는 건 불가능해. 하지만 적어도 레이라인을 쓰고 있는 건 분명해. 그렇다면…… 죽음으로써 육체에서 해방된 모든 생명과 영혼이 그 레이라인에 흡수되기 전에…… **냉큼 정화해버리면** 그만이잖아?"

""""……?!""""

그제야 이브의 의도를 파악한 전원이 경악했다.

그래서 그녀는 처음부터 이 성의 【퓨리파이 드레인 생크추어리】의 사용을 제안했던 것이다.

처음부터 예상되는 전장 전역에 【퓨리파이 드레인 생크추어리】를 전개해두면 레이라인에 생명이 흡수되는 것보다 정화되는 속도가 확실히 빠를 터.

이건 성수에 절여진 채로 싸우는 것이나 마찬가지였기 때문이다.

바닥으로 흘러들어간 생명이 레이라인을 통해 흡수될 틈이 있을 리 없었다.

"【성배의 의식】은 아득히 먼 태곳적, 고대 마법문명 시대에 마왕이 만든 거야. 그렇다는 건 《울티무스 클라비스》가 아니라 이 땅의 레이라인에 건 마술이 틀림없어. 그렇다면 우리는 그 틈을 찌르면 될 뿐. 솔직히 적의 목적이 단순히 「페지테를 함락시키고 제국을 완전히 멸망시키는 것」이었다면 이런 방법은 의미가 없었을 거고, 애당초 우리가 이길 가능성조차 없었을 거야. 하지만 적의 목적이 「페지테라는 제단 위에서 전쟁을 일으켜 【성배의 의식】을 발동시키는 것」이라면…… 그나마 승산이 있어. 개전과 동시에 우리가 성의 【퓨리파이 드레인 생크추어리】를 발동한다면 적은 분명……."

~~~~.

"머, 멈췄어……?"

성벽 위에서 비를 맞고 있던 제국군 병사들이 믿을 수 없는 광경을 목격하고 눈을 부릅떴다.

"적의…… 《울티무스 클라비스》의 침공이 멈췄어!"

병사들이 술렁이기 시작했다.

바로 코앞에서 《울티무스 클라비스》가 일제히 움직임을 멈추었기 때문이다.

"이브 원수의 예언대로였어……!"

"망자들이 진군을 멈췄어……!"

————.

"그래. 일단 진군을 멈출 수밖에 없겠지."

이브는 영상 너머의 전황을 흘겨보며 의기양양하게 웃었다.

"이제는 제단 위에서 전쟁을 일으켜봤자 의식에 공물을 바치지 못할 테니 말이야. 그런 와중에 망자들을 움직여서 제국군과 충돌해봤자 모처럼 먼 레자리아에서 옮겨온 공물이 전부 무의미하게 소모될 뿐. 그렇다면 지금은 싸우고 싶지 않으니…… 진군을 멈출 수밖에 없겠지? 그리고 이 상황에선 무적의 엘리에테도 움직이지 못해. 그렇잖아?"
~~~~

그리고 만족스럽게 웃은 후.

"하핫, 꼴좋다!"

위를 향해 손을 번쩍 세워 들었다.

"두 번째 작전을 시작하겠어! 전술 의식 마술 코드 베타! 기동 준비 개시!"

""""예!""""

이브의 호령을 따라 주위의 마도장교들이 바쁘게 움직이기 시작했다.

————.

"크……."

엘레노아는 머리 위에 전개한 《울티무스 클라비스》의 제어 법진으로 망자들에게 명령을 내리며 이를 악물었다.

"오호라…… 확실히 여기선 일단 진군을 멈출 수밖에 없겠지요."

전장의 상황을 확인한 파웰이 껄껄 웃었다.

"아무튼 지금 공격해봤자 아무런 의미도 없으니 말입니다."

"그러게요. 지금은 기다리는 수밖에 없겠죠."

엘레노아는 씁쓸한 목소리로 대답했다.

"예. 전력에 막대한 차이가 발생한 이 상황에서 제국군이 스스로 성벽에서 나와 싸울 리 없어요. 그리고 성의 【퓨리파이 드레인 생크추어리】를 이만한 규모로 전개했다면 그리 오래 유지할 수 있을 리 없겠죠. 길어봤자 하루…… 24시간 정도일까요. 그걸로 이 마술은 정지할 겁니다. 우리는 이 지긋지긋한 마술의 지속 시간이 끝난 후 다시 공세를 시작하면…….”

그리고 애써 냉정하게 말한 순간.

하늘이 울부짖으며 땅을 뒤흔드는 무시무시한 굉음과 함께 세상이 새하얗게 물들었다.

아득히 먼 하늘 위에서 거대한 한 줄기 벼락이 비구름을 뚫고 시체의 바다인 《울티무스 클라비스》 진영에 떨어진 것이다.

땅을 적신 빗물이 그 막대한 전압을 그대로 통과시키자, 주변 일대의 망자들이 불에 타고 폭발하며 아비규환의 지옥도를 그려냈다.

“아앗?! 이 마술은……!”

벼락이 치는 소리 때문에 청력이 반쯤 마비된 상황에서 엘레노아가 외쳤다.

“여기서 전술 A급 군용 마술…… 흑마의 【스트라이크 저지먼트】를 쓴다고요?! 그 여잔 대체 무슨 생각인 거냐구요!”

―――――.

"놀랐으려나? 그래, 맞아. 이런 상황에서 보통은 흑마의 【스트라이크 저지먼트】를 **쓸 리 없겠지**. 왜냐하면 이건 「공성(攻城)」 마술이니까."

이브는 만족스럽게 웃었다.

군사행동 시 복잡한 절차와 공정을 거쳐서 발동하는 마술 의식, 전술 A급 군용 마술 중에는 주로 널리 운용되는 마술이 몇 가지 존재했다.

전장에 운석을 빗발처럼 쏟아붓는 소환의 【서먼 미티어 스웜】.

전장을 압도적인 불꽃으로 쓸어버리는 흑마의 【레드 크림슨 퍼거토리】.

전장을 막대한 냉기로 얼려버리는 흑마의 【이터니티 엘 코퀴토스】.

각각 장점과 단점이 있지만, 공통점은 하나 같이 「굉장히 넓은 범위를 공격할 수 있는 광범위 제압용 **대군** 마술」이라는 점이다.

반면 흑마의 【스트라이크 저지먼트】는 같은 전술 A급 군용 마술이기는 해도 다른 것들에 비해 준비 작업이 쉽고 코스트가 낮은 대신 **효과 범위가 좁았다**.

상술한 마술들이 「광범위 제압용」이라면 스트라이크 저지먼트는 거의 「저격용」이나 다름없었다. 즉, 특히 견고한 적의 거점이나 주력 정예부대를 핀포인트로 노려서 폭격하는 공성 마술인 것이다.

결코 저런 대군을 상대로 사용하는 마술은 아니었다.

"하지만 이 상황에 한해서는 의미가 있어. 그 이유는 셋. 첫 번째로 먼저 내리게 한 비 덕분에 전류가 통해서 비교적 넓은 범위까지 커버할 수 있게 된 점. 두 번째로 원래 준비했던 전술 A급 군용 마술을 파기하고 【퓨리파이 드레인 생크추어리】를 광범위로 전개해버린 이상, 남은 자원으로 쓸 만한 건 코스트가 가볍고 간단히 준비할 수 있는 【스트라이크 저지먼트】 정도뿐이었다는 점. 그리고 세 번째로 이 【스트라이크 저지먼트】는…… **카운트다운**이기도 해."

의기양양하게 웃은 이브는 냉정한 눈으로 영상 너머의 전황을 살폈다.

"그 바보(포젤)의 말대로라면…… 고대 마법문명 당시의 마왕조차 수백 년 동안 인구를 늘려서 【성배의 의식】의 공물을 준비했다잖아? 지금이니까 안 거지만, 하늘의 지혜 연구회가 알자노 제국과 레자리아 왕국 사이에 전쟁을 일으키려 한 이유는 【성배의 의식】의 공물로 이용하기 위해서였던 거지? 하긴, 레자리아 왕국이 제국에 싸움을 건다면 위치상 페지테 근처가 최전선이 될 수밖에 없을 테니 말이야. 그런데 그 계획을 저티스가 멋지게 날려버리는 바람에 어쩔 수 없이

《울티무스 클라비스》를 꺼낼 수밖에 없었던 거야. ……대체 몇 중으로 예방선을 깔아둔 건지 정말 지긋지긋할 정도네. 하지만 이것만큼은 알겠어. 《울티무스 클라비스》를 꺼내는 건 원래 당신들이 예정했던 최선의 시나리오 루트가 아니었을 터. 다시 말해, 그만큼 공물의 수에 여유가 있는 게 아니라는 거야. 지금쯤 초조하겠지? 이 상황에서 《울티무스 클라비스》를 괜히 낭비할까봐? 그럼 망자의 수량에는 과연 얼마나 여유가 있을까? 내 계산으로는…… 음. 가령 알자노 제국과 레자리아 왕국이 페지테를 주전장으로 삼아 총력전을 개시하고…… 그것들을 전부 예의 《신앙병기》로 쓸어버린다고 가정하고…… 「상태」가 안 좋은 망자와 달리 살아있는 인간의 영혼을 흡수하는 차이도 고려하고…… 발생한 희생자 수의 예상량에서 역산한다면…… 게다가 어느 정도 여유를 두고 【성배의 의식】 실행에 필요할 것으로 추정되는 공물의 수를 계산하면…… 10발. 【스트라이크 저지먼트】를 10발쯤 쏴서 《울티무스 클라비스》를 소모시키면 당신들의 목적을 완전히 분쇄할 수 있지 않을까?"

마침 뒤에서 원진을 짠 마도사관들이 손을 들고 신호를 보냈다.

그것을 본 이브는 전황을 살피며 말했다.

"자, 하늘의 지혜 연구회…… 당신들, 지금 그렇게 여유를 부려서야 쓰겠어? 아직도 모르겠어? 지금 궁지에 몰린 건 제국군(우리)이 아니라 당신들이라고."

그리고 왼손을 들어 의식 마술을 기동하라는 신호를 보냈다.

————.

파앗! 콰르르릉!

다시 【스트라이크 저지먼트】가 《울티무스 클라비스》의 일부를 가차 없이 날려버렸다.

수많은 망자들이 무시무시한 위력의 벼락에 불타서 증발하고 있었다.

사실 《울티무스 클라비스》의 전체 규모로 따지면 미미한 피해였다.

"……큭."

하지만 엘레노아는 초조한 표정으로 이를 갈고 있었다.

'위험해. 이대로 진군을 멈춘 채 계속 【스트라이크 저지먼트】의 직격을 허용하는 건…… 좋지 않아!'

그리고 자신이 사역하는 망자들의 정보를 패스를 통해 수집했다.

아무래도 【스트라이크 저지먼트】 한 발당 《울티무스 클라비스》 전체의 3퍼센트 전후에 해당하는 피해가 발생한 모양이었다.

먼 옛날 세리카에 의해 한 번 실패한 탓에 【성배의 의식】을 발동하려면 아직도 막대한 양의 생명이 필요했다. 제단 위의 생명을 능동적으로 흡수하는 장치가 있긴 했지만, 과거의 지각변동 때문에 망가져 지금은 쓸 수 없었다.

그러니 최종적으로는 페지테의 시민을 남김없이 공물로 바치고 《울티무스 클라비스》를 전부 자해시켜야 의식 발동에 필요한 양을 채울 수 있으리라.

물론 망자의 수에는 어느 정도 여유가 있었지만, 아무리 높게 쳐도 3할이다.

만약 《울티무스 클라비스》의 3할 이상을 무의미하게 소모할 경우에는 페지테의 시민 전부를 공물로 바쳐도 【성배의 의식】 발동 조건을 채우지 못할 가능성이 있었다. 실제로는 일부 시민이 이미 외부로 탈출했거나 『이면 학원』에 숨어버렸으니 어쩌면 그보다 더 많은 수가 필요할지도 몰랐다.

아무튼 【스트라이크 저지먼트】 열 발.

즉, 적이 10 카운트까지 버티면 이쪽의 계획은 전부 무너질지도 모른다.

여기까지 와서 10 카운트라는 시간제한이 생겨버린 셈이었다.

첫 일격에서 두 번째 일격 사이에 걸린 시간은 약 30분.

의식 마술인 만큼 다음 발사까지 그만한 시간이 필요하겠지만, 요컨대 이대로 가면 약 5시간 후에 모든 게 끝장나버리고 마는 것이다.

그 5시간 사이에 【퓨리파이 드레인 생크추어리】의 효과가 떨어지는 걸 기대하는 건 아무래도 어려웠다.

그렇다고 《울티무스 클라비스》를 산개해서 피해를 줄이는 것도 불가능했다. 이미 그런 세세한 명령을 받을 수 있는 규모가 아니었기 때문이다.

"크…… 《울티무스 클라비스》를 전부 망자로 구성한 게 설마 이런 식으로 돌아올 줄이야."

만약 마도병으로 구성된 일반적인 군대였다면 그런 잔재주에 의지하지 않아도 【스트라이크 저지먼트】 따윈 전혀 두려워할 필요가 없었으리라.

그냥 부대 단위로 대항 마술(카운터 스펠)인 마력장벽을 펼친 채 전진하면 그만이니까.

"이대로는……! 크! 보통은 이런 상황에서 모처럼 준비한 비장의 전술 A급 군용 마술을 파기하면서까지 이런 도박이나 다름없는 짓을 하진 않는다구요!"

분명 한없이 유리한 상황일 텐데도 뭐라 형언할 수 없는 초조함을 느낀 순간.

"이거 참, 대단한 지휘관이로군요. 이브 이그나이트…… 아니, 지금은 디스트레였던가요?"

파웰이 온화하게 웃으며 말했다.

"앞으로 우리가 주의해야 할 적측 인물에 그녀도 추가하는 편이 좋겠군요."

"파, 파웰 님……."

"그건 그렇고 아쉽군요. 원래대로라면 이브 님은 아젤 르 님의 군문에 들어와 《울티무스 클라비스》에서 그 실력을 마음껏 발휘해야 했을 텐데…… 세상일이라는 건 정말 뜻대로 되지 않는군요."

"……?!"

그 말을 들은 순간, 엘레노아는 놀라서 굳어버릴 수밖에 없었다.

이브가 아젤 르의 휘하에 들어오지 않은 이유를 알고 있어서였다.

글렌 레이더스가 이브를 붙잡았기 때문이었다.

당시 엘레노아는 《울티무스 클라비스》를 준비하기 위해 밀라노에 없었지만, 남겨둔 사역마의 시각을 통해 정보를 상시 수집하고 있었다.

'또……! 또 그 남자의 영향이……!'

예상치 못한 곳에서 또 그 아니꼬운 《광대》의 영향력을 느낀 엘레노아는 신경질적으로 손톱을 깨물었다.

"……어쩌면 좋을까요? 파웰 님."

"간단합니다. **그들**을 보내도록 하지요."

간신히 마음을 가라앉힌 엘레노아의 질문에 파웰이 대답한 순간, 수많은 외도 마술사가 뒤쪽에서 모습을 드러냈다.

하늘의 지혜 연구회의 주력인 포털스 오더와 어뎁터스 오더를 구성하는 총 2백 명 남짓한 그들은 나이도 성별도 제각각 달랐지만, 확실한 건 전원이 일기당천의 힘을 가진 마술사들. 즉, 단순히 계산해도 20만 병력에 필적하는 전력이라는 점이었다.

하나하나가 저 육체에 강대한 마력과 비술을 감추고 있으리라.

"지금부터 그들을 페지테 시내로 보내겠습니다. 예, 이럴 때를 위해 페지테 곳곳에 만들어둔 간이 전이 법진이 있으니까요."

파웰이 손가락을 튕기자 주위에 수많은 전이 법진이 떠올랐다.

저 하나하나가 전부 페지테로 이어진 것이리라.

"……그랬……었죠."

그 말에 엘레노아는 냉정함을 되찾았다.

"이쪽의 계획이 어긋날 때까진 아직 충분한 시간이 있죠. 적진에 침투해서 【스트라이크 저지먼트】와 【퓨리파이 드레인 생크추어리】의 기동 의식 법진을 파괴하면 문제없을 거예요."

"전이 법진은 고도의 마술로 완벽하게 은폐했으니 위치 정보가 제국군 쪽에…… 이 시대의 마술사에게 탐지될 일은 절대로 없을 겁니다."

"과연 파웰 님…… 그 탁월한 전술안과 마술 실력에는 정말 감탄을 금할 수가 없네요."

"그리고 저만한 의식 마술을 집행할 수 있는 장소라면 페지테에서도 몇 군데밖에 없습니다. 예를 들면…… 알자노 제국 마술학원이라든가."

파웰이 손을 들고 집중하자 빛의 선이 페지테 시내의 지도를 그렸고, 마술학원이 있는 위치가 빛나기 시작했다.

"즉, 현재 제국군의 본진…… 우리와 악연이 있는 그 마술학원만 함락시키고 의식 마술을 전부 파괴하면 우리의 승리겠지요."

"그, 그렇겠네요."

엘레노아는 그제야 안도한 기색을 보였다.

"자, 그럼 아무튼 상황이 이렇게 됐으니 저도 슬슬 움직여 보도록 할까요. 예, 바로 **그것**을 쓰기 위해서 말입니다."

"……?!"

"아마 제국군은 상상조차 할 수 없겠지요. 《울티무스 클라비스》도, 엘리에테 님도 그저 포석에 불과할 뿐…… 우리의 진짜 「비장의 패」가 무엇인지 말입니다."

파웰이 흐뭇하게 웃고 엘레노아의 표정도 환희에 물들었다.

"그, 그럼……!"

"예. 엘레노아 님은 《울티무스 클라비스》를 움직여서 페지테를 완전히 포위하십시오. 적의 의식 마술을 파괴했을 때 바로 마지막 총공세를 가할 수 있도록 말입니다."

"알겠습니다. 그런 식으로 넓고 얕게 분산하면 【스트라이크 저지먼트】의 피해도 어느 정도 줄일 수 있겠죠."

"물론 당신은 여기서 대기해주시길 바랍니다. 만에 하나 당신이 격파당한다면 《울티무스 클라비스》가 전부 쓸모없어질 테니까요."

파웰은 웃으며 뒤에 서 있는 외도 마술사들을 돌아보았다.

"그럼 가봅시다, 여러분. 전이 법진으로 페지테 시내에 들어간 후에는 각자 위치에서 마술학원을 공격하는 겁니다. 다만, 지금은 시민을 함부로 죽이지 마십시오. 길을 막아서는 병사만 살상하는 데 그치고, 의식 마술의 파괴를 우선하십시오. 아시겠습니까? 물론 의식 마술을 파괴한 뒤에는 마음대로 하셔도 좋습니다."

파웰의 말에 조용히 고개를 끄덕인 외도 마술사들은 하나둘씩 법진을 통해 페지테 시내로 전이하기 시작했다.

――――――.

"……《울티무스 클라비스》가 다시 움직이기 시작했습니다."

크리스토프의 보고였다.

"하지만 페지테 성벽 주위를 에워싸기만 할 뿐, 공격할 낌새는 없습니다."

"응, 그래. 당연히 그렇게 나오시겠지. **그럴 수밖에 없을**

테니까."

그 순간 문득 머릿속에 떠오른 것은 그녀가 진심으로 경애해 마지않는 언니, 리디아 이그나이트의 말. 사관후보생 시절 귀에 딱지가 앉도록 들었던 말이었다.

—전술과 전략의 기본은 상대의 수를 완전히 읽고 예상을 뛰어넘는 게 아니야.

—상대가 「필연적으로」 그런 수를 둘 수밖에 없도록 유도하는 거지.

"……여기까지는 더할 나위 없어."

자신의 전략이 통한 것을 느낀 이브가 주먹을 쥐었다.

"하지만…… 고비는 지금부터겠지."

그리고 특수 회선으로 연결된 보석형 통신 마도기를 손에 들고 페지테를 방어하는 제국군 전 사관에서 명령을 전달했다.

"전군 집중! 진짜 싸움은 이제부터야! 우리 조국의 흥망이 이 일전에 걸려 있어! 그러니 굳이 다시 한번 말할게! 당신들은 조국을 위해, 여왕 폐하를 위해 목숨을 바치도록 해! 나에게 그 목숨을 맡기는 거야!"

무슨 폭군이 내뱉을 만한 발언이었지만, 통신기 너머에서 일제히 돌아온 대답은…….

예스유어 엑설런시
“““예! 각하!”””

────.

파웰이 페지테 시내로 몰래 연결한 전이 법진의 내부, 마치 별하늘이 세찬 물결처럼 흐르는 광경 속에서 키가 큰 마른 체격의 남자— 하늘의 지혜 연구회 소속 포털스 오더인 외도 마술사 사잔 오르크스는 전방에 뚫린 하얀 구멍을 향해 이동하며 생각했다.

“키힛…… 키히히힛! 오랜만에 인간을 실컷 죽일 수 있겠구만!”

그는 조직 안에서 유명한 독마술사였다.

제국군에도 그의 이름은 유명했다. 《고독(蠱毒)》의 사잔이라는 이름을 들으면 일류 마도사들조차 몸서리를 치리라.

다만, 그런 그에게도 지금은 선뜻 말 못 할 걱정거리가 있었다.

“……쳇.”

사잔의 양옆에는 그와 같은 전이 법진을 이용하는 외도 마술사들이 있었다.

언뜻 나이 어린 소년처럼 보이는 외도 마술사 로댕.

정확한 나이는 알 수 없지만, 화려하고 요염한 인상의 여인 마거릿.

로댕은 중력을 자유자재로 조종하는 마술이 특기였고, 마거릿은 그 알베르트 프레이저보다 한 수 위라고 주장하는 전격 계열 마술 사용자였다.

둘 다 사잔과 우열을 가릴 수 없는 실력을 가진 마술사인 동시에 살인을 밥 먹듯이 즐기는 살인광이기도 했다.

'쳇! ……이럼 제가 죽일 몫이 줄어들잖아요.'

그렇다. 사잔의 걱정거리는 바로 그것이었다.

하긴, 하늘의 지혜 연구회에 소속된 외도 마술사는 다들 그와 비슷한 부류이니 어쩔 수 없겠지만.

'뭐, 일단 제국군의 생명줄인 의식 마술을 파괴하는 게 목적이지만…… 가는 도중에 실컷 즐겨봐야지.'

아직 시민은 죽이지 말라는 명령을 들었지만, 솔직히 알 바 아니었다. 마술학원으로 가는 길에 성대하게 독을 뿌려서 시민을 대량 학살해버릴 생각이었다.

민간인들이 고통에 몸부림치며 비명을 지르는 광경을 상상하니 절로 웃음이 나왔다.

사잔은 그렇게 전방의 전이문 밖으로 빠져나왔다.

"이히히힛! 일단 시원하게 한 방 날려보실까! 《죽어어어어어어어어엉……?"

페지테 시내에 도착하자마자 주문을 날리려 했던 사잔은 경악했다. 그야 경악할 수밖에 없었다. 함께 전이한 로댕과 마거릿도 입을 다물지 못했다.

시민들 대신 주변에 있는 건물 옥상 위에서 자신들을 포위하듯 둘러싼 대량의 제국군 마도병들이 왼손을 내민 채 이미 주문을 영창하고 있었기 때문이다.

"……어? 엥……? 어, 어어, 어, 어째서……? 매복……!"

"자, 잠깐만! 아무리 그래도 수가 너무 많……!"

"거, 거짓말! 이럴 수는 없어! 주, 죽고 싶지 않……!"

완전히 예상이 어긋난 상태에서 사지에 몰린 사잔, 로댕, 마거릿은 주문을 외우는 것조차 잊은 채 당황할 수밖에 없었다.

그런 셋을 향해 360도 전방위로부터 일제히 전격, 화염구, 냉기— 제국군이 자랑하는 군용 마술이 빗발처럼 쏟아졌고, 과거에 수백 명을 살해해 제국군을 떨게 만들었던 실력파 외도 마술사들은 이 세상에 먼지 하나 남기지 못하고 소멸했다.

의기양양하게 시내로 침입한 외도 마술사들을 기다리고 있던 건 지옥행 특급열차의 편도 티켓이었다.

전이 포인트마다 대기 중인 수백 명 단위의 베테랑 마도병들이 페지테 시내에 적들이 나타난 순간, 오버킬이라는 표현조차 부족할 정도의 맹공격을 퍼붓고 있었다.

아무리 일기당천의 외도 마술사라고 해도 전이문을 넘자마자 전방위에서 기습 공격을 받으면 버틸 수 있을 리 없었다.

그렇게 적을 격파했다는 보고가 잇따라 이브에게 전달되었다.

"멍청하긴. 판이 이렇게 돌아가면 당연히 전이 법진을 통해 시내에 침입해서 마술학원에 있는 의식 마술을 파괴하려 들 게 뻔하잖아. 하지만 전이 법진이 레이라인을 이용하는 마술인 이상, 아무리 마술로 교묘하게 숨겨봤자 전이 장소로 지정할 수 있는 포인트는 한정되어 있어. 타이밍을 읽었고, 장소도 어느 정도 좁혀졌고, 목표도 파악하고 있다면…… 어디서 나타날지 예측하는 건 그리 어려운 일도 아닌걸."

이것 때문에 미리 적의 침입이 예상되는 근처에 사는 시민들을『이면 학원』으로 대피시킨 것이었다.

하지만 일이 계획대로 풀렸음에도 이브의 표정은 펴지지 않았다.

"하지만 적은 하늘의 지혜 연구회…… 그렇게 쉽기만 한 상대일 리가 없나."

으득!

귀에 댄 통신 마도기를 강하게 쥐었다.

방금 통신 마도기를 통해 들려온 것이 시내의 전이 예상 포인트에 배치한 몇몇 부대의 **전멸 보고**였기 때문이다.

――――――.

"아하하하하♪ 아하하하하하하♪"

모든 것을 얼려버리는 극한의 눈보라 속에서 고혹적인 드레스를 입은 소녀가 춤추고 있었다.

"흥…… 너무 약해. 시시하군."

그런 소녀의 뒤에서는 마치 동방의 수행자처럼 근육이 우락부락한 덩치 큰 남자가 지루한 눈으로 주위를 살피고 있었다.

"가, 강해…… 이렇게 강할 수가……."

바닥에 쓰러져서 그런 둘을 쳐다본 마도병 로세 어레스트는 자신의 생명의 등불이 꺼져가는 것을 느꼈다.

주위는 이미 별세계였다.

분명 페지테 시내였을 텐데 모든 것이 눈과 얼음에 갇힌 새하얀 세상으로 변해 있었다. 비가 내리는 족족 얼어붙었기 때문이다.

이 현상의 정체는 소녀의 마술이었다. 소녀의 몸에 새겨진 마도 각인 【죽음의 겨울 각인】의 효과로 그녀의 주위는 전부 움직임을 멈춘 채 얼어붙고 마는 모양이었다.

그렇게 이 자리에 대기 중이던 마도병의 절반이 소녀가 나타난 순간 얼음 속에 갇히고 말았다.

그리고 간신히 위기를 벗어난 병사들을 기다리고 있던 것은 저 덩치 큰 남자의 무자비한 폭력이었다.

타격하는 순간에 마술을 발동하는 절기, 마투술(블랙 아츠). 무시무시한 위력을 자랑하는 남자의 블랙 아츠 앞에서 병사들은 속수무책으로 무너질 수밖에 없었다.

"오늘은♪ 즐겁고 즐거운☆ 일하는 날♪ 대도사님의☆ 비원이 이루어지는 날♪ 우리의☆ 꿈이 이루어지는 날♪"

"그래. 이걸로 겨우 내 소원도……."

둘은 그렇게 대화를 나누며 마술학원 방향을 향해 느긋하게 걸어갔다.

그리고 이미 치명상을 입어 살아날 가망이 없는 로셰는 피를 토하며 마지막 의무를 다하기 위해 통신 마도기를 귀에 가져다 댔다.

"……콜록! 콜록! C14…… 이쪽은…… 전멸. 적은…… 내 추측으론…… 하늘의 지혜 연구회의 포털스 오더…… 《겨울 여왕》 글레이시아 이시즈…… 그리고…… 《포효》의 제토 루드…… 쿨럭! 이상……. 제. 제국에…… 영광…… 있……."

————.

자명한 이치지만, 기습은 성공할 때도 있고 실패할 때도 있는 법이다.

특히 운이 없어서 적의 상위 실력자와 마주친 부대라면

더더욱.

"……."

주위의 통신 마도병들이 입을 다물어버린 이브에게 서둘러 보고를 전달했다.

"이브 각하! Y6 구역! 《정령왕》 라바가 출현했습니다! 담당 부대는…… 정령들의 습격을 받아 전멸!"

"B24 구역! 《마검호》 쿄시로우가 출현…… 담당 부대는, 전멸!"

"E5 구역! 담당 부대 전멸! 적은……《진홍 소녀》 르제!"

"G11 구역…… 적은 언노운! 현재 정보를 수집 중!"

그런 보고를 묵묵히 듣고 있던 이브는 고작 한두 마디의 이면에서 스러져간 수많은 동지들의 모습을 떠올렸다.

"I49 구역…… 전멸. 그 《겨울 여왕》 글레이시아와 《포효》의 제토가, 출현한 모양입니다."

그 보고를 들은 버나드와 크리스토프가 표정을 굳혔다.

"이거 참…… 아무래도 그리운 얼굴들이 납셨나 본데?"

"예, 그러게요. 이래저래 『사교 무도회』 사건 이후로 처음이네요."

둘이 그런 대화를 나누는 사이에도 전멸 보고는 계속되었다.

하지만 그때마다 동료들의 목숨을 대가로 적의 정보와 위치도 전달되었다.

이브의 머릿속에는 그렇게 천금의 값어치를 지닌 적의 정보가 차곡차곡 쌓여가고 있었다.

"……."

살짝 고개를 숙이고 입술을 깨물었다.

그리고 어제 이번 작전을 맡은 병사들에게 하고 다녔던 말들을 떠올렸다.

—이 작전은…… 아마 당신들을 포함한 많은 사람이 죽을 거야.

—물론 나도 조금이라도 생존 가능성을 올릴 수 있도록 최선을 다하겠지만…… 그래도 병력 손실은 피할 수 없겠지.

—페지테를 위해…… 제국을 위해…… 당신들의 목숨을 나에게 맡겨줘.

하지만 병사들은 그런 터무니없는 명령에 반발하기는커녕 오히려 승리를 위해 기꺼이 목숨을 걸겠다고 맹세했었다.

"그들의 죽음은 내 탓. 내가 명령하고, 내가 죽인 거야."

그 생명의 무게에 무릎이 꺾일 것만 같았지만, 이브는 간신히 마음을 다잡았다.

"절대로…… 무의미하게 만들지는 않겠어……!"

이브는 바로 냉철하게 계산하기 시작했다.

적의 장소와 전력과 능력이 판명됐으니 남은 건 대기 중인

주력 부대를 후속으로 보내는 것뿐이다.

이브는 통신 마도기로 시내에 흩어진 각 부대에 지시를 내리는 동시에 자신에게 집중되는 대량의 정보를 단숨에 처리하고, 손에 든 패와 상대를 비교해가며 어디로 누굴 보낼지 판단했다.

크리스토프 프라울, 버나드 제스터, 엘자 빌리프의 특무분실 부대.

크로우 오검, 베어 프리덴을 비롯한 제1실 부대.

그 밖에도 제국군 내에서 실력파로 유명할 뿐만 아니라 별명도 가진 정예 마도사들.

거기다 할리 아스트레이, 체스트 남작, 오웰 슈더를 비롯한 마술학원의 고위 마술사들까지.

이브가 이때를 위해 엄선한 제국이 자랑하는 최고이자 최고의 마술사들이 눈앞에 서 있었다.

"준비는 됐겠지? 다들, 지금부터 내가 지시하는 구역으로 출격해!"

그 말을 들은 순간, 저마다 진지한 표정으로 고개를 끄덕였다.

"크리스토프! 죽지 마라!"

"그래, 베어. 너도. 무운을 빌게."

먼저 오래 알고 지낸 사이인 듯한 베어와 크리스토프가

가볍게 말을 나누고 출격했다.

"조~옿았어! 이 자식들아! 적을 모조리 죽여버리는 거다!"
""""우오오오오오오오오오오오오오오오오!""""
크로우와 혈기 왕성한 제1실 멤버들이 함성을 지르며 출격했다.

"너무 긴장하지 말게, 신입 아가씨. 일단 본인이 살아남는 것부터 목표로 삼아봐."
"버, 버나드 씨…… 예!"
버나드가 엘자의 어깨를 두드려주며 함께 출격했다.

"흥. 전쟁 따윈 시시해. 하지만 적이 먼저 쳐들어온 이상 피할 수는 없지."
"그러게 말일세. 우리 자랑스러운 페지테를 건드린 것을 후회하게 만들어 주자고, 할리 군."
"흠하하하하하하하~! 페지테가 사라지면 마술 연구도 할 수 없으니 말이지!"
할리, 체스트 남작, 오웰을 비롯한 마술학원의 고위 마술사들도 잇따라 출격했다.

그리고 대부분의 주력이 출격한 자리에 남은 건 한 마도사였다.

"……."

그녀는 지금까지 그랬던 것처럼 본진 구석에 묵묵히 서 있을 뿐이었다.

이브는 그런 마도사에게 다가가 말했다.

"슬슬 당신 차례야."

"……."

"**그자**는 틀림없이 이 타이밍을 노리고 움직일 거야. 즉, 당신이 나설 차례인 셈이지."

"……."

"일단 **그자**의 대책으로 따로 생각해둔 게 있긴 해. 지금이라면 작전을 변경하거나 수정할 여유는 있어. 그러니 다시 한번 물을게. ……괜찮겠어? 정말 당신 혼자한테 맡겨도 되는 거지?"

이브의 말을 들은 마도사는 그저 묵묵히 고개만 끄덕이더니 가벼운 발소리를 내며 어딘가로 달려가기 시작했다. 아직 **그자**가 나타났다는 보고가 들어오지 않았는데도 마치 뭔가를 확신하는 것처럼 페지테 어딘가에 있는 목적지를 향해 몸을 날렸다.

———.

“맙소사! 이걸 대응해……?”

한편, 보고를 통해 페지테 시내의 상황을 파악한 엘레노아는 새파랗게 질린 얼굴로 기겁했다.

“절반이 사망?! 이쪽에서 보낸 외도 마술사의 과반수가 진입하는 동시에 처형됐다고?!”

그나마 나머지 절반은 기습을 막아냈을 뿐만 아니라 미리 대기 중이던 적에게 뼈아픈 타격을 준 모양이지만, 이건 실질적으로 완패나 다름없는 성적표였다.

페지테에 침입한 외도 마술사들은 원래대로라면 고작 일반 마도병이 단체로 몰려와도 이길 수 없는 강자들이었기 때문이다.

“심지어 그 첫 전투로 이쪽 전력의 정보와 능력을 간파한 다음 상성이 우세한 주력 부대를 보내서 대응했어?”

현재 페지테 각지에서 제국군의 주력과 외도 마술사들이 격렬한 사투를 벌이고 있었지만, 대부분 외도 마술사들의 열세였다.

아직 능력이 파악되지 않은 자들도 이브가 직접 지휘하는 후속 마도병들과 싸우는 사이에 실시간으로 정보가 털리고 있었다.

“서, 설마 이브 이그나이트가 이 정도까지 유능한 여자였을 줄은……!"

이브가 한 것은 결국 이 최종 전쟁의 대전제를 뒤엎는 일이었다.

이런 상황이라면 보통은 농성전으로 몰고 가거나 성벽에서 나와 총력전을 시도했을 터.

그나마 남겨진 방법이라곤 그것뿐이었고, 누구나 그것을 상정하고 있었다.

하지만 하늘의 지혜 연구회 측의 유일한 약점을 재빠르게 간파한 이브는 고작 두 개의 전술 의식 마술을 통해 이번 전쟁의 형태를 단순한 국지 시가전으로 전환하는 데 성공했다.

제국군 vs《울티무스 클라비스》+ 하늘의 지혜연구회의 총전력이었던 것이 어느새 제국군 vs 하늘의 지혜 연구회의 총전력이라는 구도로 변경된 것이다.

이렇게 된 이상, 결과는 누구도 알 수 없었다.

이 시점에서《울티무스 클라비스》는 그저 멀뚱히 서 있는 허수아비에 불과했다.

그리고 시가전 쪽은 하늘의 지혜 연구회의 외도 마술사들이 아무리 일기당천의 강자들이라지만, 지리적인 이점은 저쪽에 있었고 제국군의 톱클래스 마도장병들은 그들에 비해 결코 약하지 않았다.

그 증거로 현재 페지테 시내는 완전한 고착 상태에 빠져 있었다.

그렇게 외도 마술사들은 의식 마술을 파괴하기는커녕 마술학원에 진입조차 못 하고 있었다.

"이대로는 안 되는데……!"

엘레노아는 다시 손톱을 깨물었다.

현재《울티무스 클라비스》가 페지테의 성벽을 완전히 포위하고 있지만, 이쪽에선 전혀 손을 쓸 수 없는 상태였다.

그리고 이러는 사이에도.

파앗! 콰르르르릉!

다시 하늘에서 떨어진 의식 마술【스트라이크 저지먼트】가《울티무스 클라비스》의 일부를 날려버렸다.

지긋지긋한 비는 아직도 그칠 낌새가 없었다.

공격 명령을 내리고 싶은데도 할 수 없는 그런 답답한 상태가 계속되고 있었다.

"벌써 네 발……?! 하다못해【스트라이크 저지먼트】만이라도 빨리 막아야 할 텐데……!"

초조함이 엘레노아의 속을 까맣게 태웠다.

이대로 가면 대도사님의 계획이 무너지고 만다.

고작 이런 일로 수천 년간 공들여 세운 탑이 무너지려 하고 있었다.

보잘것없는 평범한 마술의 조합 때문에.

"엘리에테 님! 엘리에테 님은 대체 어디서 뭘 하고 계신 거죠?!"

————.

"그래, 그래. 나도 지금 일하는 중이야."

서걱!

페지테 시내의 G53 구역.

그곳에 한 여자가 나타난 순간, 피가 비처럼 내렸다.

자연공원이 있는 이곳은 알자노 제국 마술학원으로 직행하는 도로와 가까운 탓에 이브도 매우 중요하다는 판단을 내리고 약 5백에 가까운 마도병들을 배치한 장소였다.

하지만 갑자기 나타난 그 여자가 부드럽게 검을 한 차례 휘두르자, 5백 개의 머리가 하늘로 솟구쳤다.

피가 비처럼 내리고, 머리가 싸락눈처럼 떨어졌다.

모든 것이 붉게 물든 참살 공간 속에서 그 여자, 엘리에테는 피식 웃었다.

"응~ 오늘도 내 《트와일라이트 솔리튜드》의 컨디션은 최고네. 멋진 빛이야."

아무도 인식하지 못했지만, 5백 명의 목숨을 단숨에 앗아간 것은 역시 그녀가 날린 황금색 검광이었으리라.

고작 한 번의 휘두름으로 발생한 5백여 회의 검광이 태풍처럼 휘몰아치며 가엾은 장병들의 목숨을 모조리 수확해간 것이다.

"자, 그럼…… 알자노 마술학원이 어느 쪽에 있더라? 난 머리를 쓰는 건 별로인데 말이야."

엘리에테는 난감한 듯 머리를 긁적이며 주위를 두리번거렸다.

다양한 나무가 군생하는 자연공원인 탓에 괜히 방향감각만 더 이상해졌다.

"그래도 뭐…… 상관없나."

하지만 엘리에테는 개의치 않고 마치 산책이라도 하는 것처럼 새빨갛게 물든 공원 안을 걷기 시작했다.

"내키는 대로 적당히 걷다 보면 언젠가 도착하겠지 뭐. 감으로."

그렇게 혼잣말을 한 순간.

"……!"

지금까지 느껴본 적 없는 압력이 앞머리를 흔들었다.

문득 발걸음을 멈추자 전방의 나무들 너머에 누군가가 있었다.

그자는 엘리에테를 향해 천천히 걸어오고 있었다.

하지만 곧 그자의 정체를 눈치챈 엘리에테는 흡사 웃으려는 것처럼 입매를 뒤틀었다.

"응, 넌 다시 만날 줄 알았어. ……리엘."

나무 사이를 헤치고 젖은 지면을 밟은 리엘이 마침내 모습을 드러냈다.

그리고 대검을 손에 든 채 아무 말 없이 천천히 이쪽으로 다가왔다.

"응? 그 눈은……."

엘리에테는 리엘의 얼굴을 바라보았다.

리엘의 눈은 제대로 뜨고 있는 데도 빛이 전혀 보이지 않았다.

심연의 밑바닥 같은 눈. 엘리에테와 똑같은 눈이었다.

영혼조차 빨아들일 것 같은 공허한 눈이 엘리에테만을 바라보고 있었다.

그 증거로 리엘은 주위에 널려있는 제국군의 시체에는 눈길도 주지 않았다.

그저 묵묵히 엘리에테의 앞으로 다가올 뿐. 며칠 전까지만 해도 아군의 죽음에 격노해서 덤벼들었던 게 거짓말이었던 것처럼.

"호오…… 흐응~? 좋은 눈이 됐는걸."

엘리에테는 기쁜 듯이 웃었다.

"잠깐 시험 좀 해볼……까!"

그리고 전신의 탄력을 이용해 가로로 참격을 날렸다.

그 동작은 손목만 까닥거렸던 여태까지의 「칼 장난」과 달리 고도로 다듬어진 「검술」이었다.

그리고 그 검 끝에서 솟은 황금색 검광, 그녀만의 빛이 마치 파문처럼 빛의 속도로 무한히 퍼져 나갔다.

"……!"

리엘도 동시에 말없이 대검을 가로로 휘둘렀다.

그러자 그 검 끝에서도 황금색 검광이, 엘리에테와 우열을 가릴 수 없는 빛이 발생했다.

두 개의 검광이 정면에서 격돌하고 교차하자 특수 간섭 작용을 일으키며 그녀들 외에도 볼 수 있는 빛으로 변해 사방으로 흩어졌다.

그리고 찾아온 정적.

"……."

"……."

그곳에 있는 건 검을 빼든 자세로 십수 미트라의 간격을 둔 채 대치한 두 명의 검귀뿐이었다.

"……합격."

다시 빈틈없는 자세로 돌아온 엘리에테가 그렇게 선언했다.

"이번에는 팔다리가 잘린 볼썽사나운 꼴이 되지 않았네. 잘했어."

"……."

"기뻐, 리엘. 설마 네가 나와 같은 영역에 와주다니! 넌 대체…… 너 자신으로부터 **뭘** 떼어낸 걸까?"

"……."

리엘은 대답하지 않았다.

그저 말없이 대검을 겨눈 후, 깊고 낮게 자세를 숙였다.

거기 있는 건 적의나 살기가 아니었다. 마치 감정이 없는 하나의 검과 같았다.

그러나 엘리에테는 바로 이 모습을 기다려왔다는 듯 감격한 목소리로 외쳤다.

"나도 그 뒤로 더 **많은 것들**을 버리고 경지를 높인 보람이 있었어. 자, 대화하자! 검으로! 마음껏! 검을 겨루는 것이야말로 우리의 대화 방식이니까!"

"……."

하지만 조금도 호응해주지 않은 리엘은 마치 이 세상에 단둘이서만 존재하는 것처럼 그녀를 응시하며 대검을 겨눈 채 땅 위를 미끄러지듯 돌진했다.

———.

"겨, 결국 시작됐구나……."

한편, 페지테 성벽 위의 방어 에어리어 Z에서는 카슈가 시내를 내려다보며 혼잣말을 중얼거리고 있었다.

지금 이브가 배치한 마도병들과 침입한 외도 마술사들의

처절한 사투가 벌어지는 시내 곳곳에서는 폭발음과 섬광이 터지고 있었다.

"부디 다들 무사했으면……."

"큭……."

웬디와 기블도 기도하는 듯한 얼굴로 지켜보고 있었다.

이 방어 에어리어 Z에는 테레사와 세실과 린을 비롯한 다른 2반 학생들. 자일과 리젤과 하인켈을 비롯한 상급생이나 다른 학교 학생들. 콜레트, 지니, 프랑신을 포함한 성 릴리 학생들과 레빈, 엘렌 같은 크라이토스의 학생들도 있었다.

이처럼 페지테 성벽 위에는 알자노 제국 마술학원의 학생 중에서 선출한 학도병들이 제국군의 정규 마도병들과 함께 다수 배치되어 있었다.

그들은 오늘 이날까지 전선을 돌파한 망자들이 성벽을 넘으려 하는 것을 위에서 전부 쏴 떨어트리는 식으로 수비에 공헌하는 중이었다.

"제길…… 지금 저기서 싸울 수 없는 나 자신이 왠지 한심스러워……."

카슈는 여전히 시내에 시선을 고정한 채 분함을 삼켰다.

"거기다…… 리엘은……."

마술로 강화한 시야로 자연공원 쪽을 돌아보자 정체를 알 수 없는 빛이 단속적으로 퍼지는 광경이 눈에 들어왔다. 더 자세히 들여다보니 그곳에는 무시무시한 속도로 움직이며 엘리에테로 추정되는 검사와 전투 중인 리엘의 모습이 있었다.

하지만 그 귀기 어린 싸움을 이어 나가는 리엘의 표정은 공허함 그 자체였다. 마치 단순 작업이라도 하는 것 같은 기묘한 분위기였다.

“역시…… 왠지 상태가 좀 이상하네요.”

“응. 너도 그렇게 느꼈어?”

웬디의 혼잣말에 콜레트가 반응했다.

“뭔가 저 녀석답지 않다고나 할까…….”

“싸우면 싸울수록 인간이 아닌 「별개의 존재」가 되어가는 듯한 느낌이었죠.”

그러자 레빈이 이 자리에 있는 모두의 심정을 대변했다.

“동방에서 말하는 인수라(人修羅)와 닮았어요. 투쟁심에 사로잡혀 악귀로 변해버린 인간을요.”

“왠지 안 좋은 예감이 들어요. 이대로 계속 싸우게 내버려 두면 두 번 다시 원래 모습으로 돌아오지 못할 것 같은 예감이…….”

“젠장!”

불안해하는 프랑신의 목소리를 들은 카슈가 욕설을 내뱉으며 성벽 난간을 주먹으로 때렸다.

“이럴 때 우린 이런 먼 데서 지켜보고만 있을 뿐이라니……!”

“그러게.”

기블도 인상을 찡그리며 말했다.

“확실히 우린 요 1년 사이에 마술사의 위계가 제법 올랐어. 하지만 저런 영역에서 싸울 수 있을 정도는 아니야. 가봤자 개죽음이나 당할걸.”

그렇게 체념한 듯 말한 기블이 이번에는 바로 눈앞까지 다가온 《울티무스 클라비스》 쪽으로 시선을 돌렸다. 아직 저들이 움직일 낌새는 느껴지지 않았다.

“언제 이브 교관님이 예견한 사태가 일어날지 몰라. 우리가 이 성벽을 지키는 것도 중요한 일이지.”

“나도 알아! 알고는 있지만…….”

카슈는 성벽 아래쪽에서 외도 마술사들과 목숨 걸고 싸우는 제국군을 지켜보았다.

지금 저기서 싸우는 마도병 중에는 며칠 전까지만 해도 이 성벽 위에서 자신들과 힘을 합쳐 싸운 이들도 있었다. 대화를 나누고 한솥밥을 먹었던 전우들이.

하지만 자신들은 학도병이고 그들은 직업군인이었다.

아무리 어쩔 수 없다지만, 그렇다고 이렇게 지켜만 보는 건 너무 괴로웠다.

“마술을 잔뜩 배워서 장래엔 모험가로 먹고 사는 것도 괜찮겠다 싶었는데…… 역시 난 제국군에 들어가야겠어! 강해지고 싶어! 이럴 때 동료를 지키면서 싸울 수 있을 정도로……!”

“카슈…….”

그 말을 들은 순간, 모두는 숙연해질 수밖에 없었다.

———.

"리엘, 넌……."

한편, 알자노 제국 마술학원 본진에서는 뭐라 형언할 수 없는 복잡한 표정의 이브가 영상을 통해 리엘의 싸움을 지켜보고 있었다.

마침 그녀의 머릿속에 떠오른 것은 어제 리엘이 별안간 자신을 찾아왔을 때의 일이었다.

나락의 밑바닥 같은 눈, 감정 없는 얼굴, 생기를 잃은 표정.

리엘은 고작 하룻밤 사이에 완전히 다른 사람으로 변해 있었다.

그래서 경악한 이브에게 리엘은 작은 목소리로 말을 걸었다.

돌이켜보면 이때도 왠지 이상한 느낌이었다.

마치 대화하는 방법을 잊어버려서 입에서 나오는 아무 소리나 대충 조합한 듯한 무기질적인 목소리로 그녀는 이렇게 말했었다.

—엘리에테는 나한테 맡겨.

—지금의 나라면 대등하게 싸울 수 있어.

—이젠 지지 않아. 절대로.

그리고 그 선언대로.

"정말 대등하게 싸우고 있어. 저 엘리에테 헤이븐을 상대로……."

이브는 놀라움을 감추지 못했다.

사실 그녀도 나름 엘리에테에게 대응하기 위한 작전을 구상한 적이 있었다.

두 가지 전술 의식 마술로 신출귀몰한 엘리에테의 움직임에 제약을 걸고 대량의 매직 트랩을 설치한 구역에 끌어들인 후, 군의 주력 마도사를 대거 투입하는 작전이었다.

다만 이 경우에는 주력 대신 일반 마도병들이 적의 외도마술사들을 상대해야만 하고, 엘리에테를 끌어들일 때도 미끼 부대가 필요하니 필연적으로 막대한 수의 희생자가 발생할 터.

그렇게까지 해도 과연 엘리에테를 정말로 잡을 수 있을지 의문이 드는 일종의 도박이었지만, 만약 단독으로 그녀를 붙잡아둘 수 있는 인물이 있다면 이야기가 달랐다.

어차피 도박을 할 바에야 리엘을 한번 믿어보자는 이브의 판단은 결과적으로 옳았다.

리엘이 버티지 못한다면 바로 후속 부대를 투입해야겠지만, 당장은 그럴 필요가 없어 보였다.

"……이걸로 괜찮은 거야?"

하지만 이브는 무심코 주먹을 쥘 수밖에 없었다.

"이대로 리엘을 계속 엘리에테와 싸우게 해도…… 정말 괜찮겠어?"

분명 리엘은 강해졌다.

이틀 전에 팔다리가 절단됐을 때와는 완전히 다른 사람이었다.

마술사는 어떤 사소한 계기로 갑작스럽게 위계가 오르는 경우가 있는데, 지금의 리엘은 그것의 검사 버전이라 할 수 있는 상태였다.

하루 종적을 감춘 사이에 도대체 무슨 일이 있었는지 모르겠지만, 다시 모습을 드러낸 그녀는 파격적으로 강해져 있었다.

그런데 어째서일까.

지금의 그녀가 인간에게 필요한 뭔가를 잃은 게 아닐까 하는 느낌을 떨쳐낼 수가 없었다. 이대로 계속 검을 휘두르게 해선 안 된다는 불길한 예감이 맹렬하게 고개를 쳐들었다.

"그래도 지금은 너밖에 의지할 사람이 없어, 리엘……."

그렇게 기도하듯, 애원하듯 속삭이는 한편으로는 머릿속에서 생각을 멈추지 않았다.

머리 위에 투영된 모든 영상을 흘겨보며 냉정하게 다음에 둘 수를 생각했다.

'전황이 이렇게 되면 적이 다음에 둘 수는…….'

물론 **그것**밖에 없으리라.

이브가 적의 진정한 목적을 간파함으로써 알게 된 최악의 수.

아무튼 그것만은 무슨 수를 써서라도 막아야만 했다.

그리고 이 가장 중요한 싸움에 배정할 패는 처음부터 정해져 있었다.

설령 엘리에테에게 제국군 1만 5천의 장병들이 전부 몰살당한다 하더라도 이때를 대비해 마지막까지 남겨둬야만 했던 제국군 최강의 마도사가.

이 역할을 맡길 수 있는 건 오직 그 **남자**밖에 없었다.

'우리의 목숨…… 이 제국의 미래를…… 당신에게 맡길게.'

마음속으로 그렇게 말한 이브는 이곳이 아닌 먼 어딘가를 쳐다보았다.

———.

페지테의 모처.

"……."

환청으로 이명이 생길 정도로 고요한 어둠 속에서 그 남자, 알베르트 프레이저는 조용히 누군가를 기다리고 있었다. 「오른쪽 눈」을 붕대로 가린 채 다가오는 결전의 순간을 대비했다.

그런 고요함 속에서 그가 떠올린 것은 며칠 전의 기억, 페지테를 떠나는 글렌이 배웅하러 나온 그에게 남몰래 남긴 마지막 말이었다.

—너도. 나 대신…… 이 페지테를 부탁하마.

"……흥."

코웃음으로 그 기억을 밀어낸 알베르트는 다시 기다리기 시작했다.

………….

…….

저벅.

그리고 머지않아 작은 발소리가 들렸다.

저벅. 저벅. 저벅…….

발소리가 짙은 어둠 너머에서 천천히 다가오고 있었다.

그 소리를 들은 알베르트는 별안간 혼잣말을 시작했다.

"……학원도시 페지테에는 성가신 폭탄이 하나 있지."

저벅. 저벅. 저벅…….

"『Project : Flame of megido』…… 즉, 모든 것을 멸하는 신의 불꽃【메기도의 불】."

저벅. 저벅. 저벅…….

"과거 미쳐버린 알리시아 3세의 손에 의해 페지테의 레이라인은【메기도의 불】을 발동시킬 수 있는 끔찍한 폭탄이 되고 만 거다. 『마나 활성 공급식(부스트 서플라이어)』과 『핵열 점화식(이그니션 플러그)』…… 이 두 가지 술식을 발동하기만 하면 이 페지테를 완전히 초토화시킬 수 있지."

저벅. 저벅. 저벅…….

"적의 목적이 「제국의 완전한 정복」이라면…… 페지테 같은 마술적으로 중요한 땅을 지도에서 지워버리는 건 수지타산이 맞지 않아. 오히려 거점으로 소유하고 싶어 하면 모를까. 하지만…… 적의 목적이 【성배의 의식】을 발동하는 거라면? 이만큼 효율적으로 대량의 생명을 화로에 지필 수 있는 수단을 과연 내버려둘 수 있을까? 물론 그럴 리 없겠지. 그렇지 않나?"

지금껏 등을 돌리고 있던 알베르트는 그제야 상대를 돌아보며 날카롭게 물었다.

"……파웰."

그러자 발소리가 멎고 어둠 속에서 나타난 인물은…….

"예, 그 말씀대로입니다. 아벨."

하늘의 지혜 연구회 최강의 외도 마술사.

헤븐스 오더. 【신전의 수령(마기스테르 템프리)】 파웰 퓌네였다.

"네놈이 전날 페지테에 모습을 드러낸 진짜 목적은 시내에 침입하기 위한 전이 포인트를 만드는 것이 아니었다. 페지테 각지에 『부스트 서플라이어』를 설치하기 위해서였지. 내 말이 틀렸나?"

"……."

"하지만 막대한 연산 처리가 필요한『이그니션 플러그』쪽은 레이라인에 미치는 영향이 지나치게 강한 탓에 제아무리 네놈이라도 삼엄한 경계 태세를 유지 중인 이 페지테에서는 도저히 은폐할 방법이 없었겠지. 아무런 경계도 없었던『페지테 최악의 사흘간』때와는 상황 자체가 달라. 그래서 네놈은 이 혼잡한 틈을 노리고『이그니션 플러그』를 설치할 장소로 이곳을 선택한 거다."

광대한 공간인 이곳의 아득히 높은 천장은 암반으로 뒤덮여 있었다.

그리고 주위에 있는 건 놀랍게도 도시였다.

건축 양식 자체가 현대와 전혀 달라서 대부분 사다리꼴 형태의 원시적인 석조 건축물로 이루어진 그 기묘한 도시 안에는 곳곳에 돌기둥이 세워져 있었다.

하지만 오랜 세월을 거친 지금은 그저 역사의 흔적이 남은 폐허에 불과했다.

그런 이 곳의 이름은…….

"**폐도(廢都)**…… 멜갈리우스."

파웰이 대답했다.

"예. 페지테의 지하…… 그것도 아득히 깊은 곳에는 광대한 도시 유적 공간이 있습니다. 그러니 위에서『이그니션 플러그』를 설치할 수 없다면 이곳이야말로 최적의 장소겠지요."

과거 마도 멜갈리우스에 존재했던 《비탄의 탑》은 마왕을 타도하는 동시에 땅속 깊숙이 가라앉아 지하미궁이 되었다.

그 후 이 마도 멜갈리우스도 몇 번의 지각변동 끝에 서서히 땅속으로 가라앉았고, 극히 일부만이 페지테의 지하에 남아 《페도 멜갈리우스》라는 고대 유적으로 남게 되었다.

이 《페도 멜갈리우스》는 이미 긴 세월 동안 철저히 조사되었지만, 지금은 페지테 주변에 자연 발생한 던전과 연결되어 있기도 한 탓에 마도 고고학자들 사이에서는 마치 성지 같은 취급을 받고 있었다.

"그건 그렇고…… 제가 여기로 올 것을 용케도 알았군요?"

"쉬운 일이었다. 네놈이 페지테 시내에 설치한 『부스트 서플라이어』들의 임계 마나 공급 장소가 이곳이라는 걸 본 것뿐이니까."

"……!"

알베르트는 담담하게 말했지만, 파웰은 표정에 희미한 놀라움을 드러냈다.

"이럴 수가. 당신…… 설마 「보이는」 겁니까?"

"……이브 덕분이지만 말이지."

지금의 알베르트에게는 보이지 않는 것을 보는 특수한 「오른쪽 눈」이 있었다.

그리고 이브가 하늘의 지혜 연구회의 진짜 목적을 간파한 덕분에 적이 【메기도의 불】을 쓸지도 모른다는 사실을 알 수 있었다.

그래서 알베르트는 페지테에 은폐된 『부스트 서플라이어』의 존재를 놓치지 않을 수 있었던 것이다.

"허허허…… 이거 참, 방심했군요. 당신의 새로운 「오른쪽 눈」이…… 아무래도 제 생각 이상의 물건이었나 보군요."

하지만 파웰은 아직도 여유 있는 태도였다.

"그건 그렇고…… 도저히 이해할 수 없는 점이 있군요. 제가 설치한 술식이 「보인다」면…… 『부스트 서플라이어』를 디스펠하는 것으로 충분했을 터."

"그 경우에는 네놈이 혼자서 여기까지 올 리가 없었겠지?"

"……."

파웰은 입을 다물었다.

"『부스트 서플라이어』 자체에 해는 없지. 네놈이 여기서 『이그니션 플러그』를 발동하는 것만 막으면…… 문제될 건 아무것도 없다."

그렇다. 이것이 바로 이브를 마지막까지 고민하게 만든 화두였다.

『부스트 서플라이어』를 디스펠하고 하늘의 지혜 연구회 최대 전력이 파웰 퓌네를 다른 흉악한 외도 마술사나 엘리에테와 함께 위의 넓은 장소에서 멋대로 날뛰게 내버려둘 것인가.

아니면 일부러 『부스트 서플라이어』를 내버려둬서 파웰을 그 누구의 지원도 받을 수 없는 장소로 끌어들여 고립시킬 것인가.

전자와 후자 중 어느 쪽이 승산이 높을지 한참 고민한 끝에 이브가 선택한 건 후자였다.

"후후후, 옳거니. 이브 님은 적이 숨겨둔 패조차 이용하는 분이라는 겁니까. ……하지만 어리석군요."

파웰이 의미심장하게 웃었다.

"한 가지 중요한 전제를 빠트렸습니다. **과연 이길 수 있겠습니까**? 아벨. 당신이 이 저를 말입니다."

"이길 거다."

알베르트는 의연하게 대답하며 전투태세를 취했다.

"「그대들은 심판받지 아니하려거든 남을 심판하지 말지어다. 인간을 심판하는 건 주님의 역할일지니」, 「용서하라. 그리하면 용서받을 수 있을지어다」…… 하지만 네놈은 용서할 수 없다. 네놈을 심판하는 건 바로 나다, 파웰."

"하하하, 건방지군요. 「그대들이 심판하는 그 심판으로 그대들이 심판을 받을 것이요. 그대들이 헤아리는 그 헤아림으로 그대들이 헤아림을 받을 것이니라」…… 당신은 제 주님이 아닙니다만? 아벨."

파웰이 왼손을 부드럽게 휘젓자, 그 손가락에 낀 반지 — 불길한 마력이 맥동하는 — 가 빛을 발하며 주위에 수많은 소환문이 일제히 출현했다.

거기서 육신을 얻고 나타난 것은 말하기도 끔찍한 이형의 악마들이었다.

단 한 마리만으로도 일군을 궤멸시킬 수 있는 대악마들의 군단 앞에서 알베르트는 붕대를 잡아 뜯어내듯 풀어버리고 오른쪽 눈을 드러냈다.

금색으로 빛나는 맹금류 같은 눈빛이 어둠을 찢어발겼고, 손에 쥔 은 십자가를 촉매로 삼아 주문을 영창했다.

"《금색의 뇌제여·대지를 전부 정화하고·하늘에 울부짖으며 꿰뚫어라》!"

흑마 개량형【퍼니시먼트 호라이즌】.

무시무시한 굉음과 막대한 빛을 발하며 발생한 수십 가닥의 성스러운 번개가 밀려오는 악마들을 향해 가차 없이 쏟아졌다.

————.

"지하 쪽은 이제…… 믿는 수밖에 없겠지. 알베르트를."

이브의 예상대로라면 지금쯤 지하에서 알베르트와 파웰이 교전을 시작했을 터.

구체적인 상황은 그녀도 알 수 없었다.

이쪽이 적이 설치한 술식을 눈치채지 못한 것처럼 위장하기 위해 단 한 번도 그쪽으로 원격 영상을 연결한 적이 없었기 때문이다.

그리고 어차피 알베르트가 지면 전부 끝이었다.

하지만 이브의 판단으로는 엘리에테를 상대할 수 있는 것이 리엘뿐이라면 파웰을 상대할 수 있는 건 알베르트밖에 없었다.

그러니 그저 믿고 맡길 수밖에 없는 것이다.

"……진짜 얼마나 기적이 더 일어나야 이길 수 있는 거지?"

현기증이 날 지경이었다.

현재 페지테 시내는 완전한 고착 상태라 지옥 같은 전투음이 여기까지 들리고 있었다.

"하지만 이걸로…… 겨우……!"

이브는 지금까지의 계획이 순조롭게 기능하는 것을 확인한 후, 주위에 있는 마도사관들을 돌아보았다.

"마지막 작전을 시작하자. 페지테 최종 방위군 전 부대에 전달! 작전 코드 감마, 실행 준비 개시!"

""""예!""""

———.

"이게 무슨……?"

페지테와 멀리 떨어진 가파른 절벽 위에서 마술로 전황을 파악한 엘레노아는 손톱을 물어뜯으며 어깨를 떨었다.

이토록 많은 수단과 인력을 투입했음에도 페지테의 전황은 완전한 고착 상태에 빠져 있었다.

하늘의 지혜 연구회가 자랑하는 정예 외도 마술사들은 알자노 제국 마술학원에 도달하지 못했다. 의식을 파괴할 수도 없었다.

엘리에테와 리엘의 싸움은 대등하다기보다는 전투에 취한 엘리에테가 목적을 완전히 망각한 것으로 보였다.

최후의 패를 위해 자리를 비운 파웰과도 연락이 되지 않았다.

그 정도의 마술사라면 지금쯤 『이그니션 플러그』의 설치를 마치고 바로 시가전에 참가했어도 이상하지 않건만, 조금 전부터 전혀 소식이 없었다.

누군가가 【퓨리파이 드레인 생크추어리】를 파괴해준다면.

그게 어렵다면 하다못해 【스트라이크 저지먼트】만이라도 멈춰준다면 상황이 전부 순조롭게 풀리겠건만…….

"이대로는…… 대도사님의 계획이……!"

파앗! 콰르르르르릉!

마침 하늘에서 울부짖으며 섬광과 함께 떨어진 【스트라이크 저지먼트】가 《울티무스 클라비스》의 일부를 다시 한번 날려버렸다.

벌써 아홉 발째다.

이 이상은 무리였다. 이 이상은 공격을 허용할 수 없었다.

이 이상은 정말로 대도사의 계획이 근간부터 무너질 위험성이 있었다.

"……어쩔 수 없네요."

엘레노아는 각오를 다졌다.

다행히 지금은 도시 전체가 혼란에 빠진 상태였고 자신처럼 위장과 은형술이 특기인 마술사라면 생각보다 쉽게 목적을 달성할 수 있을지도 몰랐다.

그렇게 결국 엘레노아도 움직이기 시작했다.

―――――.

궁지에 몰린 엘레노아는 최후의 수단에 나섰다.

그것은 그녀 자신이 전이 법진을 통해 시내로 침입해서 이 모든 원흉인 두 가지 전술 의식 마술을 파괴하는 것이다.

손에 든 패를 전부 소모한 이상 이제 남은 방법은 그것뿐이었기에.

과거엔 신분을 위장해서 여왕의 측근이라는 요직에 앉아 조직의 임무에 종사한 적도 있었다.

그러니 위장과 은형술에 관해서는 조직 내에서도 최고일 거라는 자신이 있었다.

게다가 만약 들키더라도 자신에게는 「그것」이 있었다. 패배할 가능성은 처음부터 존재하지 않았다.

"쉽네요."

그래서 엘레노아는 아무에게도 들키지 않고 거리를 유유자적하게 활보했다.

지금도 여기저기서 산발적인 전투가 벌어지고 있기 때문인지 가끔 고함이나 폭발음 같은 것이 들리기도 했다.

최전선에서 벗어난 뒷골목에는 다수의 시민이 경비관의 유도에 따라 대피해 있었다.

그런 소음과 혼란 속에서 엘레노아는 그림자에서 그림자로 이동하듯 시민들의 시야에서 사라지고, 경비관들의 눈을 속이고, 전열을 가다듬고 싸우는 마도병들의 시선을 피하고, 아군인 외도 마술사들의 눈조차 기만해가며 느리지만 확실히 알자노 제국 마술학원과 가까워지고 있었다.

'……어머, 왠지 좀 김이 빠지네요. 그냥 처음부터 제가 움직일 걸 그랬나 봐요.'

품속에 있는 「그것」의 존재를 느끼며 이동한 엘레노아는 곧 아무런 방해도 받지 않고 알자노 제국 마술학원에 도착했다.

그리고 경비가 적은 학교 뒷면의 철책 앞에서 신중히 주위를 확인했다.

'마술학원에 깔린 방범용 단절 결계는…… 아무래도 꺼졌

겠죠?'

군과 경비 관계자가 시도 때도 없이 드나드는 지금 상황에서 일일이 등록해줄 여유는 없을 테니 당연하다면 당연했다.

사실 결계가 있어도 뚫을 수단이 있긴 하지만 말이다.

'……고생을 덜었으니 잘됐죠 뭐.'

엘레노아는 마치 고양이처럼 가볍게 철책을 뛰어넘었다. 그리고 그림자에 몸을 숨겨가며 의식 마술이 설치되어 있을 가능성이 높은 장소인 중정을 향해 이동했다.

직접 접근하지 않아도 조금이라도 보이는 장소만 확보할 수 있다면 그걸로 끝.

그녀의 마술로 의식 마술을 파괴하거나 인원을 죽이면 그걸로 끝이었다.

하지만 교내를 걷는 사이에 엘레노아는 기묘한 위화감을 느꼈다.

'……경비가 너무 적은 거 아닌가요?'

아니, 이건 적은 수준이 아니었다.

경비가 **어디에도 없었다.**

이 알자노 제국 마술학원은 현재 제국군의 본진이나 다름없는 장소다.

분명 시가전 때문에 한계까지 전력을 내보냈을 테니 그만큼 본진의 경계가 약해졌을 거라는 예상을 하긴 했지만, 이건 너무나도 부자연스러웠다.

하지만 **주위에 함정은 없었다.** 그건 이미 다양한 마술적 수단을 동원해서 확인했다. 조금이라도 함정을 설치한 느낌이 있었다면 이렇게 혼자 부주의하게 잠입할 일도 없었을 터.

이 **마술학원에 마술 함정이 있을 가능성은 완전히 제로**였다.

그리고 만약을 대비해 간이 전이 포인트까지 만들어뒀으니 문제가 생기면 즉시 페지테 밖으로 탈출하면 그만이었다.

'……'

그럼에도 알레노아는 불길한 예감이 드는 것을 떨쳐낼 수 없었다.

하지만 【퓨리파이 드레인 생크추어리】는 막아야만 했다. 【스트라이크 저지먼트】를 파괴해야만 했다.

지금 그게 가능한 것은 자신밖에 없었기에.

한 치의 방심도 없이 모든 신경을 집중해서 신중히 이동한 엘레노아가 머지않아 의식마술이 설치된 중정에 도착한 순간.

그녀는 그저 아연실색할 수밖에 없었다.

"이게…… 뭐죠?"

아무래도 여기까지 방비가 허술할 리 없을 거라고 생각했지만, 예상과 반대로 **그곳에는 아무도 없었다.**

그저 두 개의 전술 의식 마술 법진이 무방비하게 노출되어 있을 뿐. 그럼 이 기회를 틈타 파괴하면 그만이겠지만, 엘레노아는 이미 그것이 **아무 의미도 없는 행위**라는 것을 깨닫고 말았다.

"이, 이 【퓨리파이 드레인 생크추어리】가 하루는커녕 **다섯 시간도 채 버티지 못하는 거**였다고?"

처음부터 촉매와 법진 구축용 마술 자재가 부족했던 모양이었다.

즉, 이 지긋지긋한 비는 그녀가 굳이 법진을 파괴하지 않아도 알아서 곧 그치리라.

실제로 어느새 빗발은 이미 많이 약해져 있었고, 하늘을 뒤덮은 구름 사이에선 조금씩 빛이 새어나오고 있었다.

"저, 저쪽에 있는 【스트라이크 저지먼트】도 처음부터 아홉 발밖에 쏠 수 없었잖아!"

즉, 이미 역할을 다해 사용이 정지된 상태였다.

【성배의 의식】에 필요한 수 이상의 공물이 파괴당할 가능성은 처음부터 없었던 것이다.

"……이게 대체 어찌 된 노릇이죠?"

상황을 이해하지 못한 엘레노아가 당혹스러워 한 순간.

"겨우 성공했네. ……정말 아슬아슬했어."

누군가의 목소리와 함께 뒤에서 손가락을 튕기는 듯한 소리가 들렸다.

――――.

같은 시각, 페지테 성벽 곳곳에선 불길이 솟아올랐다.

페지테 전체를 둘러싼 성벽 위에 동일한 간격으로 놓인 화톳불이 갑자기 타오르기 시작한 것이다.

“……왔어!”

그것을 본 학생들이 잠시 술렁였지만, 곧 마음을 가라앉혔다.

“이브 교관님의 신호예요!”

“예, 저희가 나설 차례네요!”

“여러분, 서두르세요! 어서 그 주문을 영창하는 거예요!”

가지런히 정렬해서 수인(手印)을 맺고 있는 건 2반 학생들만이 아니었다.

다른 반 학생들도 똑같은 행동을 하고 있었다. 물론 제국군의 마도병들도 솔선해서 수인을 맺고 있었다.

그렇게 페지테를 에워싼 성벽 위에 있는 모든 이들은 같은 수인을 맺으며 페지테 중앙을 향해 같은 주문을 외쳤다.

““““《봉쇄(록)》!””””

그 순간, 거대한 빛이 페지테의 성벽을 따라 선을 그렸다.

그리고 눈부시게 반짝이며 하늘로 솟구치더니 그대로 강대한 마술장벽을 형성했다.

———.

"《울부짖어라 불꽃 사자여》! 《집산(集散)》!"

극한까지 압축되어 유리구슬처럼 작아진 화염구가 무수히 분열하며 그 안에 숨겨진 막대한 파괴력을 남김없이 퍼트렸다.

집속 확산 발동. 주문 하나 분량의 마력 소비효율을 극한까지 끌어올리는 초절기교다.

범위가 약간 좁은 편이기는 해도 거의 전술 A급 군용 어설트 스펠에 버금가는 위력을 발휘하는 그 주문이 발동한 순간.

"우, 우오오오오오오오오?! 이, 이럴 수가아아아아아아아!"

외도 마술사 중에서도 강자로 유명한 《귀계인(鬼械人)》 볼켄 가우너는 아무 저항도 할 수 없었다.

상시 자동으로 전개되는 강력한 마력장벽이 맥없이 뚫리면서 불꽃에 집어삼켜진 그는 그대로 폭사하고 말았다. 불쌍하게도 전신을 개조해서 설치한 마도병기들을 상대에게 선보일 시간조차 없었다.

"흥. 네놈의 마도는 낭비가 많아."

난적인 볼켄을 손쉽게 해치워버린 남자— 알자노 제국 마술학원이 자랑하는 천재 마술사 할리 아스트레이는 문득 하늘로 시선을 들었다.

그러자 페지테의 성벽을 따라서 하늘로 솟은 빛의 장벽이 눈에 들어왔다.

"……그 술식도 성공한 모양이군. 뭐, 내 실력이면 저 정도쯤은 아무것도 아니지만."

안경을 올려 쓰고 코웃음을 친 할리는 다음 전장을 찾아서 이동했다.

———.

페지테 성벽을 따라 형성된 거대한 빛의 벽을 본 엘레노아는 그저 넋을 잃고 말았다.

"말도 안 돼. 저건 설마…… **이 학교의 단절 결계**?"

그러자 그녀의 뒤에서 나타난 이브가 트릭을 밝혔다.

"그래, 맞아. 설정을 좀 건드려서 마도병과 학생들을 중계점으로 쓴 대규모 의식 마술로 개변한 거지."

이 의식 마술의 설정 변경과 구축은 어쩌다 보니 할리 아스트레이에게 전적으로 맡길 수밖에 없었지만, 그는 그 한정된 시간 속에서도 완벽한 일 처리를 보여주었다.

그러고 보면 그 할리라는 인물은 예전 《불꽃의 배》 사변

때도 제국의 승리에 큰 공헌을 한 인물이었을 터. 역시 천재라는 소문은 사실이었던 모양이다.

뭐, 그건 그렇다 치고.

"저 결계는 외부에서 내부로 들어오는 건 막을 수 없지만…… 반대로 내부에서 외부로 나가는 건 절대로 불가능해. 학교에 걸린 단절 결계의 반전 버전이라고나 할까? 뭐, 이걸로 슬슬 눈치챘겠지? 함정은 이 학교에 있었던 게 아니야. 이 도시 자체가 당신을 가두기 위한 거대한 함정이었던 셈이지."

이브는 엘레노아를 향해 천천히 다가왔다.

"당신이…… 엘레노아 샤레트인가."

"……."

"이 전장에서 처음부터 궁지에 몰려 있던 제국군이 유일하게 승리를 거두는 방법은 《울티무스 클라비스》의 지휘자인 엘레노아 샤레트의 격파. ……오직 그것뿐이었어."

"……."

"하지만 평범하게 싸우면 당신은 절대로 끝까지 모습을 드러내지 않았겠지? 그럴 게 뻔했으니 이렇게 **억지로라도 끌어낼 수밖에 없었던 거야.**"

"……."

"【퓨리파이 드레인 생크추어리】와 【스트라이크 저지먼트】로 【성배의 의식】을 무너트릴 수 있다는 허구의 사실을 연출하고 시가전이 고착 상태에 빠져버리면, 당신 곁에 있는 전력이 전부 빠져나가면…… **결국 당신이 직접 나설 수밖에 없잖아**? 사실 내가 준비한 의식 마술에 【성배의 의식】을 무너트릴 힘 같은 건 없었지만, 당신의 시점에서는 **그렇게 보이도록 연출했어**."

"……."

"그게 바로 내 노림수였어. 나머지는 봉쇄 단절 결계로 당신을 페지테에 가둬서 놓치지 않는 것뿐. 용의주도한 당신이라면 이런 비상사태를 대비해서 외부에 간이 전이 포인트를 준비해뒀을 테지만…… 어때? 지금은 저 결계에 막혀서 전이가 안 되지?"

"……."

"이젠 당신만 해치우면 끝이야. 그러면 《울티무스 클라비스》도 전부 무너질 테니까. 자, 이제까지의 업보를 청산할 시간이야…… 엘레노아 샤레트."

"~~~~~~~~!"

그렇게 당당하게 전말을 밝히는 적군의 총사령관 앞에서 엘레노아는 고개를 떨군 채 몸서리칠 수밖에 없었다.

당했다. 완벽하게 당하고 말았다.

하나부터 열까지 틀린 말이 없었다. 이 이브라는 여자는 그야말로 터무니없는 괴물이었다.

능력은 우수하지만, 공적과 전과에 지나치게 집착하고 출세와 영광만을 탐하는 소인배라는 인물평은 대체 어디로

간 것일까.

자칫하면 모든 것을 잃을지도 모르는 이런 건곤일척의 위험한 작전을 세울 수 있는 인물이 아니었을 터. 강철 같은 의지와 담력으로 모든 책임을 홀로 짊어진 채 이런 장대한 계획을 한 치의 실수도 없이 완성할 수 있는 걸물이 아니었을 터.

'하다못해 우리 하늘의 지혜 연구회에 조금 더 전력이 있었더라면……!'

하지만 거기까지 생각한 순간, 퍼뜩 놀라 고개를 들었다.

생각해 보면 하늘의 지혜 연구회의 전력을 이 정도까지 줄여놓은 것도 저티스 로우판. 그 증오스러운 글렌 레이더스의 그림자가 가장 짙게 드리워진 남자였던 것이다.

'글렌 레이더스…… 이번에도…… 이번에도 또 네놈이……!'

잠시 이를 박박 갈던 엘레노아는 머지않아 동요를 가라앉히고 냉정함을 되찾았다.

"……우훗, 우후후후…… 아하하하하하하하하하하하하하!"

그리고 크게 웃음을 터트린 후, 그런 자신을 묵묵히 지켜보는 이브에게 시선을 돌렸다.

"정말 훌륭하세요, 이브 님. 예, 말씀대로…… 전 제 발로 당신이 친 함정에 걸려버린 모양이군요."

"……."

"제 패배를 인정하죠. 설마 이런 상황에서 저희를 이 지경까지 몰아넣다니…… 혹시 당신도 이 시대의 「영웅」 중 하나라는 걸까요?"

"……."

"그건 그렇고…… 한 가지 잊으신 게 있지 않나요?"

갑자기 엘레노아가 양손으로 복잡한 수인을 그리며 도약했다.

"거기!"

이브는 스톡해둔 불꽃 마술을 시간차(딜레이 부팅) 발동했다.

바닥에서 솟구친 폭염이 도망치는 엘레노아의 몸을 정확히 집어삼켰다.

하지만 곧 주위에서 어둠이 모여들더니 불길에 휩싸여 숯덩이가 된 그녀의 육체를 단숨에 원래대로 재생했다.

"예, 아시겠지만…… 전 **불사신**이랍니다."

"……?!"

진심으로 쓴 마술이 통하지 않자, 이브도 내심 당황할 수밖에 없었다.

"미리 말씀드리지만, 당신의 마술로 절 죽이는 건 불가능해요. 그런 절 대체 어떻게 죽이실 거죠? 어디 한번 가르쳐 주시겠어요? 예? 아무리 절 궁지에 몰아넣어도 제가 저인 이상 결국 마지막에 이기는 건 저일 수밖에 없답니다."

"……."

이브는 우아하게 고개를 숙이는 엘레노아를 말없이 노려

보았다.

그리고 생각했다.

그녀의 불사성은 당연히 파악하고 있었다. 알베르트와 엘레노아의 교전 기록에서 본 기억이 있었으니까.

하지만 그게 정말로 사실일까?

불사신? 죽일 수 없다? 불멸? 정말로?

답은, 부정이다. 결코 그럴 리 없었다.

정말 진정한 의미에서 불사신이었다면 상황이 이 지경이 될 때까지 적진에 틀어박혀 있을 리가 없었다. 더 빠른 시점에서 전선에 나섰으리라.

한없이 불사신에 가까운 건 존재임은 틀림없다.

하지만 **만에 하나**라도 죽을 가능성이 있으니 전선에 나설 수 없었던 게 아닐까.

"그럼 여기서 그 **만에 하나**를 뽑으면 돼!"

이브는 양손에 불꽃을 두르고 한 발짝 앞으로 나섰다.

애당초 엘레노아 샤레트가 지닌 불사성의 비밀은 정말로 베일에 싸여 있었다.

그것을 조사하고 고찰할 틈도, 대책을 세울 틈도 없었다.

그러니 이제부터는 전부 임기응변이 될 수밖에 없었다.

'이 정도 역경쯤 혼자 힘으로 해결하지 못한다면 **그 녀석**이 비웃을 거야!'

그 녀석은 설령 백 번 싸워 99번 지는 싸움이라도 가장 최초의 승리를 거머쥘 수 있는 남자다. 그럼 그 녀석보다 우수한 자신은 만에 하나의 확률도 뚫을 수 있을 터.

"우훗, 우후후후훗! 아하하하하하하! 전부 소용없답니다!"

그렇게 전의를 끌어올리는 이브 앞에서 미친 듯이 웃은 엘레노아가 양팔을 활짝 벌렸다.

"《납시옵소서》 ― 《아아·납시옵소서》 ― 《납시옵소서》 ―."

취한 것처럼 노래하는 영창이 주위로 울려 퍼졌다.

"《야령(夜靈)이 부르는 소리에·응하소서》 ― 《응하소서》 ― 《응하소서》 ―."

허공에 열린 문. 흘러넘치는 장기(瘴氣). 문에서 나온 수많은 인영. 숨 막힐 듯한 시체 냄새.

그렇게 이브의 주위에 새로운 망자들이 무시무시한 기세로 소환되었다.

하지만 《울티무스 클라비스》와는 다른 술식을 쓴 건지 이 자리에 소환된 망자는 전원 **여성**이었다.

살이 전부 썩어 문드러져서 자세히 구분하기는 어렵지만, 저 망자들은 분명 **여성**이었던 것이다.

그리고 엘레노아 본인의 네크로맨시로 소환한 막대한 수의 망자가 눈 깜짝할 사이에 이브를 빈틈없이 포위했다.

"그러고 보니 당신의 이 네크로맨시도 뭔가 좀 이상해!"

엘레노아의 특기인 무한한 네크로맨시.

하지만 마술의 세계에 무한이란 개념은 존재하지 않는다.

반드시 등가교환이 적용된다.

뭔가 얻는 게 있으면 잃는 것도 있는 것이야말로 마술의 대원칙이기 때문이다.

이것도 그녀의 불사성과 어떤 관계가 있는 것일까?

그리고 그 네크로맨시로 불러낸 망자가 하필 전부 **여성**인 이유는?

"《그의 피와 살이·그대들을 위로할지니》 ― 《자·어서·드시옵소서》!"

그런 의문을 곱씹는 이브 앞에서 마침내 엘레노아의 주문이 완성되었다.

사방에서 솟아오른 썩은 살 더미로 이루어진 벽들이 일제히 끔찍한 비명을 내지르며 이브를 노리고 파도처럼 밀려왔다.

"이그나이트를…… 얕보지 마시지!"

이브도 한쪽 팔을 치켜들고 외쳤다.

"《진홍의 염제여·겁화의 군기를 들고·붉게 유린하라》!"

다음 순간, 홍련의 불꽃이 천장까지 높게 솟구쳤다.

B급 군용 어설트 스펠, 흑마 【인페르노 플레어】.

이어서 파도처럼 주위로 퍼져나간 압도적인 열량의 고밀도 불꽃이 엘레노아가 소환한 시체의 벽과 격돌했다.

———.

그리고 비가 그쳤다.

이로써 거짓된 고착 상태가 막을 내린 셈이다.

당연히 페지테를 포위한 《울티무스 클라비스》는 일제히 진군을 개시.

성벽을 지키는 방어 부대와 격전을 벌이기 시작했다.

과연 《울티무스 클라비스》가 성벽을 돌파하는 것이 먼저일까.

아니면 《울티무스 클라비스》의 지휘관인 엘레노아 샤레트가 쓰러지는 것이 먼저일까.

모든 건 그 결과에 달려 있을 터.

싸움은 이제 막 시작된 참이었다.

제4장 내일을 위해

"결국 시작됐군요. ……여기서 제국의 존망을 건 일전이."
알자노 제국 여왕 알리시아 7세의 혼잣말이 흘러나왔다.
이곳은 알자노 제국 마술학원 본관의 고층에 있는 귀빈실.
정면의 탁 트인 발코니에서는 페지테 전체를 조망할 수 있었다.
전투의 시작을 알리는 격렬한 폭음과 소음이 흩뿌려지고 생명이 산화하는 처절한 전장이— 폭음과 섬광이 피어오르는 각 성벽과 도시 구역에서 모든 제국 장병들이 적과 처절한 사투를 벌이는 중이었다.
알리시아는 발코니에서 보이는 페지테의 모습에서 단 한 번도 눈을 떼지 않았다.
"정말 괜찮으시겠습니까? 폐하."
그러자 릭 학원장이 말을 걸었다.
그는 과거에 애용했던 마검을 허리에 차고 있었고, 옆에는 그의 계약 정령인 물의 정령소녀 셀피가 서 있었다.
"지금의 페지테 시내에 안전한 장소 따윈 없습니다. 그런데도 정말 『이면 학원』으로 대피하지 않아도 괜찮으시겠습니까?"

"예. 제 이름을 걸고 제국 장병들을, 젊은이들을 저 지옥 같은 전장에 내보냈는걸요. 그러니 제게는 이 싸움을 마지막까지 지켜볼 의무가 있답니다. 저만 안전한 곳에 있을 수는 없어요."

알리시아는 의연하게 대답했다.

"하하하, 여전하시군요."

릭은 쓴웃음이 나오는 걸 참지 못했다.

"이거 참, 그동안 고생이 많으셨겠습니다. 에드와르도 경."

"예, 그렇고말고요. 학원장. 평소에도 워낙 고집이 세고 승부욕이 강하신 분이다 보니……."

그러자 여왕 옆에 그림자처럼 서 있던 노신사, 에드와르도가 한숨을 내쉬며 한탄했다.

하지만 곧 단안경을 고쳐 쓰며 자신감 있게 말했다.

"그래도 이 제국을 이끌 분은 폐하밖에 없지만 말입니다."

이브가 아무리 우수한 지휘관이라지만, 그녀의 힘만으로는 이번 반격이 성립할 수 없었다.

대의명분. 즉, 여왕 알리시아 7세의 지지가 있었기에 이 난장판이었던 제국을 다시 통합할 수 있었던 것이다.

"이 노구들이나마 마지막까지 곁에서 옥체를 지켜드리겠나이다, 폐하."

"걱정 마십시오, 폐하. 이래봬도 저와 에드와르도 경은 나를 「거친 삶」을 살아온 편이라 아직 실력이 젊은이들 못지않습니다."

"앗, 잠깐! 야, 릭. 내 흑역사를 끄집어내지 마!"

"《와르도의 금사자》…… (소곤소곤)."

"하지 말라고 했지!"

"어머나, 저한테는 늘 엄숙한 얼굴로 잔소리를 하던 경에게 그런 흥미진진한 과거가?"

"폐, 폐하?! 그, 그건……!"

"큭큭큭……."

세 사람이 그런 대화를 나누자, 안쪽 소파에 앉아 다리를 꼬고 있던 루치아노 경이 낄낄 웃더니 테이블 위에 있는 잔에 와인을 따라 그대로 쭉 들이켰다.

"자, 자넨 지금 또 뭘 마시고 있는 겐가!"

"내 할 일은 전부 다 했는데 뭐 어떤가. 이제 뒷일은 운명에 맡길 뿐일세."

"정말이지, 자네라는 인간은! 폐하의 어전이 아닌가! 애초에 지금도 저기선 젊은이들이 목숨을 걸고 싸우고 있거늘!"

"전 괜찮아요."

흥분한 에드와르도 경을 알리시아가 진정시켰다.

"루치아노 경, 경도 정말 잘 해주셨습니다. 이 혼란스러운 와중에도 경이 조달해준 물자 덕분에 이렇게 싸울 수 있었는걸요."

“덕분에 우리 『서 마하드 회사』는 휘청거리고 있지만 말이지! 당장 내일부터 이 노구가 직접 가판대를 끌고 나가야 할 판이지 뭔가! 하하하!”

결코 가볍게 할 말이 아니었지만, 루치아노 경은 개의치 않는 듯 호탕하게 웃었다.

사실 루치아노 경은 본인이 경영하는 회사는 글로벌 기업인 데다, 원탁회의 멤버라는 이면에는 제국의 뒷세계라는 필요악을 장악한 정통 마피아의 보스이기도 했다.

그러니 제국의 국운이 기운 시점에서 해외로 나가버리면 그만이었건만, 어째선지 몸을 피하기는커녕 이렇듯 남아서 큰 도움을 주고 있었던 것이다.

“뭐, 폐하 같은 지도자와 이브 양 같은 쟁쟁한 젊은이들이 있는 나라라면 이런 선행투자를 해두는 것도 솔직히 나쁜 선택은 아니지. 그러니 만약 이 싸움에서 이긴다면…… 여러모로 편의를 봐줄 거라고 기대해도 괜찮겠나? 알리시아 양.”

“……예, 반드시.”

악당 같은 표정으로 장난스럽게 말하는 루치아노 경에게 알리시아는 부드럽게 웃어주었다.

그리고 최전선에 설 수 없는 몸이라면 하다못해 조금이라도 전장과 가까이 있으려고 난간에서 몸을 내밀 듯 앞으로 나섰다.

모든 국민들을 생각하며 그저 기도하듯 생각에 잠겼다.

'여러분…… 부디 지지 말아주세요. ……부탁이에요.'

———.

"정말 끈질기네 너."

"아하하하하하♪ 아하하하하하하하하하하♪"

현재 페지테 시내에서 대치한 크리스토프와 글레이시아는 결계와 냉기 폭풍으로 거센 힘겨루기를 하고 있었다.

"이렇게 춤추는 건☆ 정말 오랜만이야♡ 좀 더♪ 좀 더 같이 춤추자♪ 내 사랑♪"

글레이시아가 날리는 냉기는 한없이 강해졌다.

"……훗."

하지만 크리스토프는 당황하지 않고 담담히 보석을 조작해 주위로 결계를 전개했다.

이미드 로드 로드나이트 서클

"하앗! 기동! 고속 결계 전개·장미휘석 법진!"

그러자 어느새 깔아둔 공격용 결계가 발동한 순간, 글레이시아의 발밑에 거대한 법진이 전개되었고 마력선을 따라 출현한 여섯 자루의 장미휘석으로 만들어진 붉은 검이 고속으로 법진 안쪽을 질주했다.

"……?!"

붉은 칼날이 사방에서 날아들자, 글레이시아는 후방으로

가볍게 공중제비를 돌아 범위 안에서 이탈했다.

"……어머나☆ 혹시♪ 전보다☆ 강해졌어?"

그리고 착지한 건물 지붕 위에서 크리스토프를 내려다보았다.

"전에는 이 정도로 춥게 하면☆ 아~무것도 못 했는데♪"

"……."

크리스토프는 대답하지 않았다.

그저 말없이 다음 결계용 보석을 손가락 사이에 낀 채 꺼낼 뿐이었다.

"우후훗☆ 더더욱♪ 내 것으로 삼고 싶어졌어♪"

"여기까지 와서 아직도 그런 말을 하는 건가."

"물론! 난 그러려고 여기 왔는걸!"

"그래."

"자, 싸움은 이제부터야♪ 내 귀엽고☆ 귀여운☆ 아기 새는♪ 과연 내 사랑은 어디까지 받아줄 수 있을까? 기대돼♪ 기대돼♪"

진심으로 기뻐하며 웃은 글레이시아는 자신의 몸에 새겨진 마력각인에 마력을 주입해 한층 더 강한 냉기를 전신에서 발산했다. 그러자 주위의 기온이 단숨에 떨어지고 공기까지 얼어붙어 반짝거리기 시작했다.

눈보라가 휘몰아치는 극한의 겨울 폭풍.

"수준이 낮아."

하지만 크리스토프는 담담한 목소리로 평가했다.

"뭐?"

"넌 수준이 낮다고 했어. 말이 통하질 않아."

"……."

어안이 벙벙한 글레이시아에게 계속 말했다.

"솔직히 말해줄까? 난 너 같은 건 안중에도 없어. 너와 난 보고 있는 게 다르거든. 마술은 마음의 형태를 비추는 거울. 본인의 심상이 그대로 강함과 직결되는 법."

"……."

"네 밑바닥은 이미 보였어. 넌 날 못 이겨. 도망칠 기회는 지금뿐이야."

"아핫♪"

그 순간 글레이시아가 웃었다. 진심으로 유쾌한 듯 비웃었다.

"아기 새가☆ 뭐라고 지저귀고 있네요♪ 우스워라☆ 우스워♪ 그래도☆ 교육이 덜된 아기 새는 제대로 가르쳐놔야겠지☆ 그러니 벌을 줄게! 견뎌보렴♪ 견뎌보렴♪"

곧 그녀의 몸에서 마력이 급속도로 팽창하더니 냉기가 한없이 거칠어졌다.

맹렬한 눈보라가 주위의 열기를 모조리 빼앗으며 기온이 삽시간에 급격히 떨어졌다.

"……."

팅!

그런 그녀 앞에서 크리스토프는 엄지로 보석을 튕겨 올리며 말했다.

"이래서 수준이 낮다는 거야."

———.

"하아아아아아아아아아아아아아아앗!"

"우오오오오오오오오오오오오오오오!"

다른 구역에서는 두 사내의 격렬한 주먹다짐이 벌어지고 있었다.

《은둔자》 버나드와 《포효》 제토.

눈 깜짝할 사이에 수백 발을 날린 둘의 주먹이 남김없이 격돌했다.

한쪽 주먹에는 폭염이, 다른 쪽 주먹에는 전격이 깃들어 있어서 맞부딪힐 때마다 막대한 권압과 마력이 작렬해 파괴의 여파를 주위를 흩뿌리며 건물을 무너트리고 있었다.

세상에 몇 안 되는 블랙 아츠 사용자 간의 전투.

외부의 개입을 허용하지 않는 둘만의 전투공간이 구현된 것이다.

이윽고 끝이 없을 것 같았던 공방에 막을 내린 건 서로 필살의 의지를 담아서 날린 최고의 일격이었다.

"음?!"

"윽……!"

그 충격으로 서로 튕겨나가 거리가 크게 벌어졌다.

"헉! 헉! 역시 힘들구만 이거! 나도 늙었나 봐!"

버나드가 어깨를 크게 들썩이며 투덜댔다.

"크크크, 좋군. ……이제 슬슬 왕년의 감을 되찾은 건가? 《파괴 마인》이여."

하지만 제토의 표정에는 여유가 있었다.

"네놈이 늙어버린 게 참 아쉽군. 그래도 역시 내 상대는 네놈밖에 없다! 네놈을 이기면 난 더 높은 경지에 오를 수 있겠지. 자, 내 수행의 밑거름이 되는 거다!"

그리고 환희에 잠겨 느긋하게 버나드를 향해 주먹을 겨누었다.

"흥, 웃기지도 않는군."

하지만 버나드는 호응해주기는커녕 어깨를 으쓱이며 빈정거렸다.

"……뭐라고? 네놈, 지금 날 우롱하는 거냐?"

"우롱은 무슨~. 이보게 자네, 강자와 싸워서 경지를 올리고 싶다면…… 대체 왜 저기서 싸우는 엘리에테와 리엘한테는 도전하지 않는 건가? 걔들이 이런 한물간 늙은이보다 훨씬 더 강한데도."

"……?!"

그 말을 들은 순간, 제토는 말문이 막혀 굳어버릴 수밖에 없었다.

버나드는 그런 그에게 무척 음습한 얼굴로 도발하듯 추가타를 가했다.

"응? 대체 이유가 뭔가? 응? 응? 응? 자네가 진정한 구도자라면 도전하지 않고는 못 견딜 상대일 텐데 말이지. **만만해 보이는 나**보다 훨씬 더."

"……."

"말해두는데 내가 한 20년만 젊었으면 망설이지 않고 덤볐을걸? 틀림없이 죽는 걸 알면서도. 그런데 자네는 대체 왜 여기에 있는 걸까?"

"……."

"답은 간단해. 결국 자넨…… 수행이니 뭐니 잘난 듯 떠들어대고 있지만, 실은 강한 힘으로 약자를 때려눕히고 깔보고 싶은 것뿐이겠지. 본인의 강함을 주위에 과시하고 싶었을 뿐인 소인배였다는 걸세. 어디, 내 말이 틀렸나?"

"네놈……!"

그러자 갑자기 주위의 기온이 떨어지며 압박감이 강해졌다.

하지만 버나드는 조금도 신경 쓰지 않고 신이 나서 외쳤다.

"꺄하하하하하하하! 정곡이었나 보구만? 진짜 소인배였어!"

그리고 천천히 주먹을 들었다.

"이 제국 궁정 마도사단 특무분실의 집행관 넘버 9《은둔자》 버나드, 늙었어도 자네 같은 잔챙이에게는 아직 질 수 없지!"

그렇게 도발하듯 웃은 순간.

"너어어어어어어어어어어어어어어어어어어어어어어어!"

결국 여유를 잃은 제토가 주먹을 세워 들고 먼저 달려 들었다.

———.

"햐핫! 햐하하하하하하하하하하하하하하하하하하하!"

페지테 E34 구역에 거슬리는 웃음소리가 울려 퍼졌다.

하늘을 우러른 한 외도 마술사였다.

주위는 불꽃이 새빨갛게 하늘까지 타오르고, 모든 것이 타들어가는 작열 지옥으로 변해 있었다.

"타라! 타! 전부 불타버려어어어어어어어어어어어!"

"크으으으으으으윽!"

"으아아아앗!"

그 외도 마술사가 일으킨 불꽃 폭풍 속에는 제군 마도병 부대가 있었다.

전원이 힘을 합쳐 방어 결계를 펼쳐서 간신히 적이 날린 불꽃을 막아내고 있었다.

하지만 방어에 전념하느라 아무도 반격에 나설 여력이 없는 상태였다.

"크…… 다들 버텨! 버티는 거다!"

"굳이 말 안 해도 다들 안다고요, 대장!"

"이 정도 불꽃쯤…… 이브 각하의 불꽃에 비하면……! 쿨럭! 콜록!"

대장의 질타에 대원들이 반쯤 웃으며 말했다.

"아앙? 이 정도 불꽃쯔음~? 내가 이그나이트 같은 쓰레기보다 약하다고~?"

하지만 그 씩씩하게 버티는 모습을 본 외도 마술사, 《화장(火葬)업자》 플라멜 디에고는 몹시 화가 난 모양이었다.

"이 몸이 진심으로 싸우면 너희 같은 잔챙이들은 단숨에 숯덩이가 될 것 같아서 좀 봐줬더니만…… 아~ 진심 빡치네. 그냥 죽어!"

그리고 그 말이 진실이라는 걸 증명하듯 플라멜의 전신에서 한층 더 기세가 강렬한 불꽃이 압도적인 열량으로 내뿜어졌다.

"아앗……!"

"이, 이럴 수가…… 화력을 더 올려?!"

마도병들의 표정이 경악으로 일그러졌다.

지금 이상의 화력을 버틸 자신이 없는 그들의 얼굴에 선명한 절망이 떠오른 순간.

"잘 버텼다!"

하늘에서 떨어진 누군가가 그 초고밀도·초고열의 불꽃을 「오른손」으로 두 동강 내며 날려버렸다.

"훗! 이건 확실히 좀 미지근하구만! 이브 발끝에도 못 미치겠어!"

이어서 불꽃 속에서 등장한 것은 마도사 예복 차림에 머리카락을 황금색과 붉은색으로 염색한 화려한 남자였다. 자세히 보면 그의 오른팔도 복잡한 마술문자와 문양이 새겨진 「오니(鬼)의 팔」이었다.

그런 「오니의 팔」을 가진 저 남자의 이름은…….

"제국 궁정 마도사단 제1실 실장, 크로우 천기장?!"

뒤에서 마도병들이 환호성을 터트리는 것을 들은 크로우는 플라멜을 향해 단숨에 돌진했다.

"베어! 엄호해! 빠르게 정리한다!"

"알겠습다, 선배!"

마찬가지로 후방에서 나타난 제1실 멤버인 베어가 짐승 같은 속도로 질주하는 크로우의 움직임에 맞춰서 주문을 빠르게 영창했다.

"이 망할 잔챙이들이 감히이이이이이이이이이이!"

그 순간 크로우의 몸이 빛에 감싸였고, 플라멜이 날린 지금까지와는 차원이 다른 화력의 불꽃이 달려드는 크로우의 몸을 해일처럼 집어삼켰다.

"하하하하하하하하하! 멍청한 놈! 방심했구나! 내 불꽃은

어지간한 카운터 스펠로는 막을 수 없어! 네놈은 이대로 뼛조각조차 안 남기고 태워 죽여주마!"

하지만 다음 순간.

"……평생 잠이나 처자라, 쓰레기!"

두꺼운 불꽃의 벽을 돌파한 크로우가 플라멜을 향해 「오니의 팔」을 휘둘렀다.

그러자 불온한 마력, 아니. 요력이 무시무시한 존재감을 내뿜으며 플라멜의 몸통을 위아래로 갈라놓았다.

"컥?! 이, 이럴…… 수…… 크흑……."

플라멜이 사망하는 동시에 주위의 불꽃이 마치 촛불처럼 꺼졌다.

"이걸로 끝! 후유~ 덕분에 살았다, 베어."

"정말이지…… 전 원래 무식하게 싸우는 스타일인데 선배가 저보다 더 무식하게 싸우니까 이런 잔기술만 능숙해졌잖아요. ……크리스토프가 보면 웃겠네."

베어는 쓴웃음을 흘리며 크로우에게 삼중으로 건 【트라이 레지스트】를 디스펠했다.

사실 이 또한 즉흥 개변으로 염열계 내성에만 특화한 레지스트를 즉시 3연속으로 거는 초일류 스킬이었다.

"고, 고맙습니다! 천기장님!"

"감사 인사는 됐어! 같은 전장에 선 이상 상부상조하는 게 당연하잖아! 그보다 아직 다 끝난 건 아니니까 너희는 냉큼 다른 구역의 아군이나 지원하러 가봐!"

""""아, 예!""""

이렇게 또 하나의 전장이 막을 내리자, 제국군 장병들은 다시 새로운 전장을 찾아서 움직이기 시작했다.

————.

카앙!

페지테 I9 구역.

분수 광장이 있는 그곳에서 방금 두 개의 인영이 눈에 보이지도 않는 속도로 교차했다.

다음 순간, 그 자리에서 움직임을 멈춘 두 인영은 검을 뽑은 채 서로에서 등을 보이는 자세로 서 있었다.

한 명은 외도 마술사였다.

카미시모(裃)와 하카마(袴). 이른바, 동방의 무사 차림이었다. 등에는 이형의 팔이 여섯 개나 달려 있었고, 총 여덟 개의 팔은 각각 거대한 도를 들고 있었다.

다른 한 명은 제국군의 마도사였다.

특무분실 예복을 입은 작은 체구의 소녀, 《운명의 수레바퀴》 엘자였다.

거합술로 뽑은 도를 오른손에 쥔 채 곧게 뻗고 있었다.

잠시간의 침묵 후, 먼저 엘자가 입을 열었다.

"하늘의 지혜 연구회의 외도 마술사 《마검호》 쿄시로우…… 해치웠습니다."

"……훌륭, 하다."

무사 복장의 외도 마술사 쿄시로우도 그제야 입을 열었다.

하지만 곧 절단된 팔이 하나둘씩 떨어지기 시작하더니 마지막으로 머리가 옆으로 미끄러지듯 떨어진 후 쿄시로우의 몸도 앞으로 쓰러졌다.

대체 어떤 금기의 신체 개조 마술을 쓴 건지 그의 몸은 먼지로 변해 소멸했다.

"……큭! 가, 간신히…… 이겼어! 종이 한 장 차이로……!"

그제야 엘자는 긴장이 풀렸는지 그 자리에 무릎을 꿇었다.

자세히 보면 온몸이 검상과 피투성이였다. 어디 하나 심각하지 않은 부상이 없었다.

빠른 치료와 휴식이 필요했다.

"그럼…… 다음 전장으로……!"

하지만 엘자는 지친 몸에 채찍질해가며 다시 일어나 어딘가로 시선을 돌렸다.

곧 황금색 빛이 터지자 그쪽의 건물들이 산산이 조각나고 무너지기 시작했다.

"……리엘이…… 싸우고 있잖아! 나도 싸워야 해……!"

엘자는 그렇게 외치며 달리기 시작했다.

자신은 리엘의 힘이 될 수 없었다. 엘리에테와의 싸움에 끼어들 수 없었다.

그렇다면 하다못해 걱정 없이 싸울 수 있도록 대신 주변을 정리해줄 뿐.

엘자는 그 일념으로 새로운 전장을 찾아 페지테를 뛰어다녔다.

――――.

『흠~하하하하하하하하하하하하! 보았느냐! 내 힘의 정수를!』

전장에 웃음소리가 울려 퍼졌다.

마술학원의 천재 마도공학 교수인 오웰 슈더였다.

그는 인간의 두 배쯤 되는 크기의 거대한 마력 구동식 외장 갑옷을 걸친 채 아래쪽에서 전전긍긍하는 외도 마술사들을 흘겨보았다.

마력 구동식 외장 갑옷이란 마도인형 공학 기술을 응용한 대형 기계 갑주다. 내부에 탑승해서 조종하는 술자는 나약한 인간의 육체와 비교할 수 없는 파워와 기동력을 발휘할 수 있었다.

그야말로 전장의 거신이라는 칭호가 어울리는 결전 마도병기였지만, 직육면체의 몸통과 가느다란 팔다리, 원통형 머리에 삼각형의 눈과 코, 뒤통수에 용도를 알 수 없는 꼬랑지 머리가 달린 그 모습은 누가 봐도 아무 데나 굴러다니는 잡동사니를 모아서 대충 만든 것처럼 허접했다.

그렇다. 사실 전에 《불꽃의 배》 사변에서 활약한 글렌 로봇과 완전히 동일한 디자인이었던 것이다.

생과 사의 틈바구니인 전장과는 너무나도 어울리지 않는 웃기는 모습이었지만, 겉모습과 달리 실제 성능은 너무나도 튼튼할 뿐만 아니라 빠르고 강력했다.

『「바보 같은 소동은, 여기까지다아아아아아아아아아아아」!』

발밑에 달린 롤러로 고속 이동하는 오웰의 마력 구동식 외장 갑옷이 어째선지 그런 영문을 알 수 없는 보이스를 일일이 재생해가며 펀치와 킥을 날렸다.

"으아아아아아아아아아아아아아악!"

"이, 이 내가…… 이딴 우스꽝스러운 녀석한테……!"

그러자 마침 운이 없었던 불쌍한 두 외도 마술사가 또 속수무책으로 격파당했다.

『흠~ 하하하하하하하하! 거기 있는 아군 병사 제군! 이젠 걱정하지 마라! 여기는 이 천재! 오웰 슈더에게 맡기도록!』

""""…….""""

그 광경을 멀리서 지켜보던 제국군 병사들은 모두 한마음 한뜻으로 이렇게 생각했다.

덕분에 살았으니 고맙기는 하지만, 왠지 솔직하게 기뻐할 수가 없다고.

————.

한편, 페지테의 성벽.

마침내 총공세를 시작한 《울티무스 클라비스》가 성벽 위의 방어부대와 일대결전을 벌이고 있었다.

페지테를 완전히 둘러싸고 전개된 《울티무스 클라비스》는 무리를 지어서 성벽에 달라붙더니, 그대로 넘기 위해 벽을 타고 기어오르기 시작했다.

위에서 보면 마치 설탕 과자에 몰려드는 개미들 같았다.

성벽의 방어를 맡은 마도병들은 쉴 새 없이 어설트 스펠을 써가며 그런 끔찍한 망자의 군대를 모조리 격추시켰다.

일부라도 돌파당하면 그대로 단숨에 무너질 우려가 있었지만, 적의 공세는 전혀 멈출 낌새가 없었다.

""""《사나운 뇌제여·극광의 섬창으로·꿰뚫어라》!""""

그런 끝이 보이지 않는 소모전이 전개되고 있는 전장에서 알자노 제국 마술학원에서 선출된 학도병을 중심으로 편성된 방어선에서는 기블, 카슈, 웬디를 비롯한 학도병들이 다른 곳과 마찬가지로 성벽 위에서 진형을 짠 채 벽을 타고 올라오는 망자들을 어설트 스펠로 일제히 격추하고 있었다.

“두 번째 열은 물러나세요! 세 번째 열은 앞으로! 아직 쏘면 안 됩니다! 한계까지 끌어들이세요!”

학도병들을 지휘하는 건 학생회장인 리제였다.

그녀의 호령에 따라 카슈를 포함한 두 번째 열 대신 세 번째 열— 테레사, 세실, 카이, 로드들이 성벽 위에서 진형을 짜며 아래쪽을 향해 지팡이를 겨누었다.

“하아아아아아아아아아아앗!”

“우오오오오오오오오오오!”

“흐읍!”

한편, 자일과 콜레트와 지니를 포함한 근접전투가 특기인 학생들은 중력 조작 마술로 중력의 벡터를 수직에서 수평으로 변화시킨 후 성벽을 발판 삼아 종횡무진 뛰어다니고 있었다.

그들의 대검이, 주먹이, 단검이 공격할 때마다 벽에 달라붙은 망자들은 중력의 멍에에 사로잡혀 그대로 추락했다.

“가세요, 하얀 천사(말라흐)!”

프랑신의 말라흐 소환 마술도 이 상황에서는 귀중한 전력이었다.

그녀가 원격 조종하는 말라흐는 성벽 근처를 자유자재로 날아다니며 레이피어로 망자들을 요격하고 있었다.

"흣……《울부짖어라 불꽃의 사자여》!"

"《빙랑의 조아여》!"

한편, 레빈과 하인켈처럼 학생 수준을 벗어난 강력한 화력을 자랑하는 학생들은 특별히 대열에서 벗어나 독자적인 판단으로 광범위 어설트 스펠을 써서 망자들을 쓸어버리고 있었다.

"헉! 헉! 빌어먹을, 떨어트려도 떨어트려도 끝이 없어!"

"동감이에요……!"

방금 전열을 벗어난 카슈와 웬디를 포함한 학생들이 일단 뒤로 물러나 그 자리에 주저앉았다.

"여긴 맡겨둬!"

"당신들은 마력을 보충하세요!"

그러자 이번에는 1반의 크라이스와 에나를 포함한 다른 반 학생들이 빠르게 앞으로 나서 새로운 전열을 형성했다. 그리고 조금 전까지의 카슈 일행처럼 망자들을 마술로 공격하기 시작했다.

"여러분, 고생하셨어요! 여기요!"

"다친 데가 있으면 말하세요! 치료해드릴게요!"

이윽고 같은 2반의 린과 크라이토스의 엘렌이 완전히 지쳐버린 카슈 일행에게 다가와 마정석을 나눠주기 시작했다.

이 마정석에는 예비용 마력이 담겨 있어서 손으로 강하게 쥐면 소모된 마력을 보급할 수 있었다.

"리제 회장네 할아버지가 마련해주신 거랬던가? 아무튼 덕분에 살았어!"

"감사히 써야겠죠."

카슈 일행은 마정석을 손에 쥔 채 잠시 휴식을 취하기로 했다.

그리고 주위를 둘러보자 주로 알자노 제국 마술학원의 학도병으로 구성된 주변 일대의 방어선이 눈에 들어왔다. 알프, 빅스, 시사, 루젤, 아네트, 벨라, 캐시 등 2학년 2반 학생들이 저마다 필사적으로 싸우고 있었다.

물론 2반 학생들뿐만이 아니었다. 마술학원의 학생 다수가 선후배 가릴 것 없이 필사적으로 싸우고 있었다.

"우리도 어서 전선에 복귀해야……."

"조바심 내지 마. 어중간하게 회복된 상태로 복귀해봤자 동료의 발목만 잡을 뿐이야."

"그, 그건 나도 알지만……!"

기블이 차가운 목소리로 제지하자 카슈는 자기 머리카락을 쥐어뜯었다.

그리고 짜증스럽게 시선을 돌리더니 더는 못 참겠다는 듯 **어떤 인물**을 향해 고함을 질렀다.

"아니, 당신은 이런 상황에서 대체 뭘 하고 계신 거예요?!"

자세히 보니 **그자**는 성탑의 벽에 등을 기대듯 앉은 자세로 고서를 읽으면서 깃털 펜으로 뭔가를 빼곡하게 적고 있었다.

"보고도 모르겠나?"

그런 수상하기 짝이 없는 남자, 알자노 제국 마술학원의 고고학 교수 포젤은 카슈를 희번덕거리며 노려보았다.

"……이 『르 카이에 유적의 회랑문서 사본』을 해독하고 있었다만."

"어째서?!"

"그 허접한 도서관에서 이런 희귀한 물건을 우연히 발견했거든. 그러니 마도 고고학자로선 도전해볼 수밖에."

"그런 뜻으로 한 말 아니거든요?! 여기가 대체 어딘지 아시기는 한 거예요?!"

"페지테 성벽 아닌가? 설마 그런 것도 몰랐나?"

"말이 안 통해!"

"내 알 바냐! 그보다 시끄럽다고 너희들! 아까부터 왜 그렇게 쉴 새 없이 어설트 스펠을 마구 써대는 건데! 작업에 집중이 안 되잖아! 바보 아냐?!"

"오히려 화를 내?!"

그 순간, 방어선 일부가 갑자기 소란스러워졌다.

"도, 돌파당했다!"

"""그아아아아아아아아아아아아!"""

그 비명소리에 전원이 퍼뜩 놀라 시선을 돌리자, 결국 성벽 위로 올라온 망자들이 쏟아져 들어오기 시작했다.

"아차! 크……!"

"크, 큰일이야! 어서 대응해야……!"

쉬고 있던 학생들과 마도병들이 성벽 위로 침입해온 망자들을 막으려 한 순간.

"시·끄·럽다아아아아아아아아아아아아아아아아아아아아아!"

한 줄기 바람이 몰아치더니 성벽 위에 있던 망자들이 일제히 하늘에서 허우적대며 아래로 추락했다.

눈에 보이지도 않는 속도의 펀치로 적을 단숨에 모조리 날려버린 그 남자의 정체는…….

"어, 어라……?"

"……포젤 선생님?"

"……흥."

전선의 붕괴를 훌륭히 막아낸 포젤은 코웃음을 치며 다시 자리에 주저앉았다.

"제길! 뭔가 좋은 번역문이 생각나려던 참이었는데……! 다시 처음부터 생각해야 하잖아!"

그리고 다시 책을 펼치고 번역 작업에 몰두하기 시작했다.

정말로 싸울 생각이 없다면 다른 곳으로 가면 될 텐데,

포젤은 고집스럽게 학생들이 있는 전장에서 떨어지려 하지 않았다.

"……위험할 땐 믿어도 되는 걸까요?"

"글쎄? 그리 큰 기대는 하지 않는 편이 좋을 것 같다만……."

그런 포젤의 모습을 웬디와 기블이 게슴츠레한 눈으로 쳐다보았다.

――――.

전선에서 멀리 떨어진 시내에 설치된 임시 야전병원은 현재 아비규환의 지옥도였다.

쉴 새 없이 부상병들이 전선에서 이송되었기 때문이다.

벌써 간이침상이 한참 부족한 탓에 부상자들이 마치 어시장 참치처럼 발 디딜 틈도 없이 바닥에 널브러져 있을 정도였다.

"아, 아악! 아파……!"

"난 이제…… 틀렸어. 죽여…… 줘……."

"정신 차려! 이 멍청한 놈아! 죽지 말라고!"

고함과 소음, 비명과 절망. 누군가가 몸부림치는 소리.

이 삶과 죽음의 경계에서는 다양한 감정과 소리가 태풍처럼 휘몰아치고 있었다.

"괜찮아요! 당신은 아직 살 수 있다구요! 《자애의 천사여·그자에게 안식을·구원의 손길을》!"

그런 혼란스러움 속에서도 알자노 제국 마술학원의 법의사인 세실리아 헤스티아는 군의 법의병들과 함께 위독한 부상병들을 힐러 스펠로 치료해서 살려내고 있었다.

"세실리아 선생님! 이쪽으로 와주세요! 몹시 위험한 상태예요!"

"그, 그 사람은…… 부상심도 5?! 큭! 당장 3번 의식장을 준비하세요! 5분 후에 제가 집도하겠습니다!"

""""예!""""

쉴 틈도 없이 부상병들을 치료했지만, 전선에 복귀한 병사들은 다시 다쳐서 이곳으로 돌아오는 것을 반복하고 있었다. 혹은 아예 **돌아오지 못하는** 이들도 많았다.

'지금 내가 하고 있는 일은…….'

어떤 의미로는 살인이나 다름없었다.

인간을 구원하는 힐러 스펠의 모순과 어둠―『전장에서 부상을 입은 병사를 얼마나 빨리 전장으로 복귀시킬 수 있는가』라는 콘셉트에서 시작된 군용 마술의 일종이었다는 사실을, 현재 그녀는 누구보다 뼈저리게 실감하고 있었다.

'하지만…… 그래도!'

세실리아는 마음을 강하게 먹고 치료를 멈추지 않았다.

자신이 치료함으로써 다시 죽으러 가는 사람들을 계속해서 치료했다.

'이제 두 번 다시…… 이런 슬픈 일이 일어나지 않는 세상을 만들기 위해서라도…… 미래를 위해서라도…… 지금은……!'

훗날 그 누구도 돌아보지 않을 고독한 싸움. 고독한 전장이었지만, 세실리아가 싸워야 할 곳은 바로 여기였다.

———.

싸우고 있다.

모두가 싸우고 있다.

시내와 성벽에서 다양한 형태로.

파멸의 불꽃 속에서 타오르는 페지테 안에서 모두가 생명을 불사르며 싸우고 있었다.

적도 아군도 엉망이 돼서 죽어가고 있었다.

누구나가 일방적인 파괴와 멸망이 제국을 유린하는 단기전을 예상했지만, 뚜껑을 열고 보니 그 안에 있었던 건 처절한 소모전과 지구전이었다.

하지만 이 끝이 보이지 않는 전장은 사실 세 가지 요소 위에서 아슬아슬하게 균형을 이루고 있었다.

알베르트의 싸움.

리엘의 싸움.

그리고 이브의 싸움.

이 셋 중 하나가 결판이 나면 전장의 추세는 단숨에 그쪽으로 기울게 되리라.

하지만 이 역사의 분수령이 대체 어떤 식으로 흘러갈지는 아직 아무도 모르고 있었다.

종장 5854년 후의 너희들에게

수많은 악마들이 밀려왔다.

목 없는 말을 탄 기사, 헤아릴 수 없는 메뚜기, 거대한 파리, 머리가 두 개인 염소, 수상할 정도로 아름다운 절세의 미녀, 불타오르는 무언가, 얼음으로 된 거인, 검은 날개의 천사, 인면조, 거미를 탄 노인, 창백한 말, 홍련의 표범, 해골 흑기사, 하늘을 나는 개, 뼈로 된 용, 머리 셋 달린 사내, 강철의 수소, 아름다운 귀공자, 백면상의 괴물, 천 개의 눈이 달린 형용할 수 없는 무언가…….

악마, 악마, 수많은 악마들이 밀려왔다.

그 광경은 마치 마녀들이 벌이는 광란의 잔치 같았다.

악마란 원래 병과 재앙과 죽음 같은 인간이 심층 의식에서 본능적으로 두려워하는 「공포와 절망의 개념」이 자신만의 이야기를 얻어 현실에 구현된 개념적인 존재다.

즉, 존재 그 자체가 인간의 천적인 셈이라 인간은 악마를 이길 수 없었다.

그런 악마들이 무리를 짓고 폭포처럼 쏟아지는 광경은 그야말로 종말, 묵시록의 체현이었다.

다종다양한 모습을 취한 악마들이 농밀한 어둠을 두른 채 밀려오고 있었다.

그 하나하나가 단독으로 도시 하나를 궤멸시킬 힘을 지닌, 신화와 구전에서 영웅의 마지막 싸움을 장식할 수 있을 정도로 유명한 대악마들이었다.

그런 절망적인 광경을 알베르트는 그저 홀로 의연하게 응시하며 주문을 영창했다.

“《뇌광의 전신이여·그대는 거친 분노와 망치를 휘둘러·모든 것에 평등한 멸망을 내릴지어다》.”

흑마【플라스마 캐논】.

그의 왼손에서 해방된 극대 집속 전격포가 악마의 군대를 정면에서 집어삼켰다.

일반적으로 악마라는 개념 존재에겐 이런 물리적인 파괴 주문이 통하지 않는다.

분명 그러했을 터.

—끄아아아아아아아아아아아아아아아아아아!

—키샤아아아아아아아아아아아아아아아아아앗!

—Zasxwdcefvrbgtnhyjmk, l. ;/~~!

하지만 대악마들은 기괴한 단말마를 내지르며 그대로 소멸되었다.

"《금색의 뇌수여·땅을 질주하라·하늘로 날아올라 춤춰라》!"

알베르트는 재차 팔을 휘두르며 주문을 날렸다.

거친 벼락이 난무하며 악마들을 계속해서 소멸시켰다.

"허허."

그리고 그 모습을 파웰이 감탄한 눈으로 지켜보고 있었다.

"역시…… 그 「오른쪽 눈」은 성가시군요."

알베르트의 「오른쪽 눈」. 악마들을 날카롭게 응시하는 맹금류 같은 눈이 금색으로 타오르고 있었다. 그 「오른쪽 눈」으로 바라보는 모든 것들이 마치 멸망의 운명을 부여받은 것처럼 쉽게 무너지고 있었다.

원래 불멸이어야 할, 불멸이었던 것들이 소멸되고 있는 것이다.

오리지널 【선리안(選理眼)(리얼라이저)】.

알베르트는 이 마술을 그리 명명했다.

그의 마술 특성(퍼스널리티)인 【사상의 관측·이해】를 한계 이상으로 활용해서 만들어낸 이 눈의 기능은 매우 심플했다.

눈앞의 존재, 눈앞에서 발생한 **모든 사상을 관측하고 이해하는 것뿐**.

일반적으로 악마 같은 개념 존재를 인간이 이길 수 없는 이유는 「그 본질을 인간이 결코 이해할 수 없기 때문」이다.

인간은 인식과 이해를 통해 세상을 깨닫고 만들어가는 존재이기에.

이해할 수 없는 것은 그 인간이 인식하는 세상 밖으로 밀려나게 된다.

개념 존재들은 그런 인간의 인식이 닿지 않는 세계 율법(룰)으로 인간에 의한 간섭과 파괴를 막고 있었던 것이다.

그러하기에 원래 악마 퇴치(엑소시스트)란 개념적인 수법과 마술로밖에 성립될 수 없었다.

하지만 알베르트의 【리얼라이저】는 인간이 본디 이해할 수 없는 개념 존재를 이해하게 만드는 효과를 가졌다. 세계의 율법이 아닌 인간의 법률 위에 존재하는 사상으로 끌어내리는 것이다.

그래서 파괴가 가능했다.

예를 들어 「유령의 정체를 알고 보니 마른 참억새더라」라든가 「괴물은 이해할 수 없는 존재이기에 괴물. 이해할 수 있으면 그 자격을 잃는다」라는 말처럼.

과학의 진보가 세상에서 신비와 신성의 자리를 서서히 빼앗아간 것처럼 알베르트의 「오른쪽 눈」은 개념 존재, 혹은 인외의 괴물 같은 인지를 초월한 규격으로 존재하는 강대한 인외의 존재에게 인간이 대항하기 위한 반역(안티테제)의 칼날이었던 것이다.

"오호라, 옳거니……."

파웰은 악마들을 모조리 쓸어버리는 알베르트를 향해 왼손을 들고 정체를 알 수 없는 주문을 외웠다.

그러자 그의 주변에 불길한 문양의 마술법진들이 불온한 마력을 통해 형성되었다.

이것들은 고대마술(에인션트)이라 불리는 고위마술. 근대마술(모던)로는 결코 간섭할 수 없는 강대한 마술이었다.

"……「보여」."

하지만 알베르트가 금색으로 타오르는 맹금류 같은 눈으로 흘겨보며 손가락을 움직인 순간.

파앙!

파웰이 전개했던 마술법진이 모조리 파괴되며 술식도 흩어져 버렸다.

"호오, 이거 참. ……그렇다면."

그러자 마술에 실패한 파웰의 모습이 갑자기 사라졌다.

"흡……!"

다음 순간, 알베르트의 품으로 파고 든 파웰은 신속(神速)을 뛰어넘은 마속(魔速)의 정권지르기를 날렸다. 나선을 그리듯 공기의 벽을 뚫고 알베르트의 갈비뼈를 부수기 위해 일직선으로 내질러진 그 타격의 속도는 이미 인간의 반사속도를 몇 단계 뛰어넘고 있었다.

"……「보여」."

하지만 생물학적으로 절대로 피할 수 없는 그 주먹에 대응한 알베르트는 카운터로 돌려차기를 날렸다. 권압에 닿은 머리카락이 몇 가닥 허공으로 흩어졌다.

다음 순간, 선풍 같은 킥에 옆머리를 타격당한 파웰의 몸이 크게 뒤로 날아갔다.

"호오?"

하지만 파웰은 목이 그대로 떨어져 나갔어도 이상하지 않을 공격을 허용했음에도 아무렇지 않게 공중에서 가볍게 자세를 고치고 바닥에 착지했다.

그리고 옷에 묻은 먼지를 털고 목을 꺾으면서 여전히 여유 있는 태도로 말했다.

"아주 훌륭하군요. 마력의 흐름, 마술식…… 그런 영적인 것부터 시작해 동작의 흐름과 물리적인 현상에 이르는 모든 것을 관찰하고 이해해서 대응하는 겁니까. ……허허, 당신은 「오른쪽 눈」은 대체 어디까지 볼 수 있는 거지요?"

"세상 끝까지다."

"그렇군요. 하지만 인간에게는 한계라는 것이 있습니다. 그런데 당신의 「오른쪽 눈」은 그 인간의 한계를 지나치게 뛰어넘고 말았군요."

파웰은 안타깝다는 듯 고개를 내저었다.

"예언을 해드리지요, 아벨. 당신은 죽을 겁니다. 그 「오른

쪽 눈」은 당신을 죽이는 밀랍 날개가 되겠지요."

"난 죽지 않아. ……**약속**했으니까."

그렇게 내뱉은 알베르트는 왼손을 내밀고 악마들을 겨냥해 전격을 방출했다.

『칠성검』. 흑마【라이트닝 피어스】의 7연사 동시 발동(싱크로노스 부팅).

그러자 고속으로 어지러운 궤도를 그리는 일곱 가닥의 전격이 밀려오는 악마들에게 모조리 꽂혔다.

알베르트와 파웰의 대결.

세계 최고봉의 마술전투는 이제 막 시작된 참이었다.

————.

격돌하는 검과 검이 포효한다.

두 개의 황금색 참격이 뒤얽히고, 튕겨내고, 후려치고, 교차하는 동작이 끝없이 반복되었다.

그렇게 격돌할 때마다 특수 간섭 작용으로 발생한 강렬한 섬광이 세상을 새하얗게 불태웠다.

발생한 검압이 갈 곳을 잃은 태풍이 되어 닿는 모든 것을 분쇄하는 지옥의 극한 전투공간을 형성했다.

그런 외부의 간섭을 불허하는 수라계(修羅界) 속에서.

"……."

리엘은 말없이 계속 대검을 휘둘렀다.

여유 있는 표정으로 검을 휘두르는 엘리에테의 간격에 파고들어 일심불란하게 공격을 반복했다.

"……흡!"

엘리에테가 도약했다.

그 순간, 리엘의 황금색 검광이 뒤에 있는 건물을 쪼갰다.

다음 순간, 엘리에테가 공중에서 검을 휘둘렀다.

그 다음 순간, 리엘이 바닥을 굴러서 피한 장소가 갈라졌다.

"……!"

구르는 기세를 이용해 일어난 리엘은 엘리에테가 착지하는 틈을 노리고 황금색 검광을 날렸다.

공간을 질주하는 압도적인 빛.

하지만 엘리에테도 우아하게 검을 아래로 휘둘러 황금색 검광을 방출했다.

허공에서 교차한 검광으로 인해 빛이 폭발하고, 발생한 충격파가 둘의 몸을 날려버리고, 막대한 양의 모래먼지가 원을 그리며 사방으로 흩어졌다.

리엘과 엘리에테는 동시에 발바닥으로 지면을 마찰하며 정지했다.

그렇게 잠시 전투가 중지되었다.

"……."

"……."

휘오오오오오…….

주변 일대를 쓸어버리는 검압의 폭풍이 아직 남아있는 가운데, 서로 말없이 대치했다.

리엘은 호흡을 정돈하며 공허한 눈으로 엘리에테를 응시하고 있었다.

언뜻 보기엔 서로 한 발짝도 물러서지 않는 호각 같았다.

이 싸움을 지켜본 사람들이 있다면 틀림없이 둘의 실력은 완전히 비등하니 누가 이길지 알 수 없다고 평가했으리라.

하지만 엘리에테는 갑자기 검 끝을 내리며 이렇게 말했다.

"……실망이야."

진심으로 실망한 것처럼.

"리엘…… 너한테는 진심 실망했어."

"……."

대답하지 않고 계속 대검을 겨누는 리엘에게 다시 말했다.

"전에 내가 말했지?【트와일라이트 솔리튜드】는 자기 자신을 한 자루 검으로 바꾸는 검술의 극치라고."

"……."

"하지만 넌 검이라는 기능을 완벽하게 재현하기엔 너무나도 「쓸데없는 것」이 많은…… 「무딘 칼」이라고."

"……."

"그래서 난 기대했었어. ……네가 얼마나 많은 「쓸데없는 것」들을 떼어내고…… 인간성을 버리고 검으로 완성되어서 올 지를. 정말 진심으로 기대했었어. 완성된 너와 검을 섞는 순간을……."

"……."

"실제로 처음에는 지금의 그 나락 밑바닥 같은 눈과 너무나도 인간미가 없는 모습을 보고 나와 같은 영역에 선 줄 알고 기뻐했었어. 그런데 사실 넌…… **아무것도 버리지 않았던 거지**?"

그러자 이 대결을 시작한 이래로 한 마디도 하지 않았던 리엘이 처음으로 입을 열었다.

"나한테 **쓸데없는 건** 아무것도 없어."

"……?!"

"네가 말하는 「쓸데없는 것」은…… 나한테는 엄청 소중해. 글렌, 루미아, 시스티나…… 학교 친구들…… 특무분실 동료들…… 마술학원…… 페지테…… 그 전부가 나한테는 소중한 거야. 그러니 떼어내도 되는 「쓸데없는 건」 아무것도 없어."

"……."

"지킬 거야. 그게 내가 검을 드는 이유니까. 난 검이 아니야. 리엘 레이포드…… 인간이라구!"

리엘이 의연하게 선언한 순간.

"후유~. 시시해……."

엘리에테는 힘없이 어깨를 푹 늘어트리며 한숨을 내쉬었다.

"「무딘 칼」인 네가 어떻게 날 상대로 지금까지 버틴 건지 이제야 알았어. ……넌 그냥 나랑 싸우는 거에만 「몰두」했던 거지?"

"……."

"초일류 검사라면 상대와 실제로 검을 섞지 않아도 머릿속으로 단련할 수 있어. 이미지 트레이닝이라는 거지. 넌 나한테 진 뒤로 계속 줄곧 이미지 속의 나와 몇 천, 몇 만, 몇 억 번 검을 겨뤄서 **그저 나랑 싸우는 것에만 특화**됐던 거지? 다른 건 아무것도 눈에 안 들어올 정도로."

"……."

"그리고 지금도 이렇게 검을 섞으면서도 머릿속으로는 이미지 트레이닝을 반복해서 나한테 대항할 수 있는 검술을 완성하고 있었던 거야. 어째 눈에 나밖에 안 들어온다 싶더니만…… 완전 내 착각이었잖아."

그리고 엘리에테가 검을 위로 들고 바닥을 내리친 순간.

쿵!

황금색 검광이 세상을 가르고 그 충격으로 페지테가 들썩였다.

"시시해! 그런 잔재주를 부릴 정도라면 왜 못 버리는 건데! 난 너와 싸우기 위해 더 많은 것들을 「버렸는데」!"

엘리에테는 얼굴에 분노마저 드러내며 외쳤다.

"그 영역에 도달한 검사라면…… 가능하잖아! 자신의 마음을 마주보고, 자신에게 불필요한 것들을 떼어내는 게! 아니, 사실 그조차도 부족해! 실제로 **실물**을 베어봐! 네 주위에 있는 쓸데없는 것들을! 그 대검으로 베어버리면 되잖아! 그렇게 하면 넌 분명……."

"끈질겨. 아까도 말했잖아."

리엘은 대검을 깊고 낮게 내렸다.

그녀의 나락 같은 눈은 확실히 인간미가 느껴지지 않았지만, 어떻게 보면 오로지 자신의 소중한 것만 바라보는 지극히 순수한 눈처럼 느껴지기도 했다.

"나한테 불필요한 건 아무것도 없어! 전부! 전부! 내 소중한 보물인걸! 난 지킬 거야! 모두를! 이 페지테를! 그걸 잃을 정도라면 【트와……인지 뭔지 같은 시시한 검 따윈 필요 없어! 검 끝에서 보이는 그 이상한 빛도 **필요 없다구**!"

그 순간.

"……."

엘리에테는 잠시 그런 리엘이 말없이 쳐다보다 이렇게 말했다.

"……넌 이제 날 못 이겨."

"……!"

"허세가 아니야. 단순한 사실이지. 지금…… 네가 나에게 이길 유일한 방법을 네 손으로 버렸다는 걸 알고 있니?"

"몰라. 알 바 아냐."

"넌 진짜 바보구나."

그 아쉬워하는 목소리를 끝으로 엘리에테는 날카롭게 검

을 휘둘렀다.

당연히 그 끝에서 발생한 것은 모든 것을 베고 불태우는 눈부신 황금색 검광이었다.

"이이이이이야아아아아아아아아아아아압……!"

리엘도 그걸 막기 위해 검광을 방출했다.

다시 두 개의 검광이 교차하고 페지테가 뒤흔들리며 세상이 눈부신 황금색으로 물들었다.

리엘과 엘리에테의 대결.

사상최강의 검사들이 연출하는 검극(劍劇)은 과연 어떠한 결말을 맞이 할 것일까.

————.

"하아아아아아아아아아아아아아아아아아앗!"

이브는 끊임없이 불꽃을 방출했다.

손을 뻗어서 밀려오는 여성형 망자들을 모조리 불태워버렸다.

타오르는 불길이 하늘을 태울 듯 솟구치고, 화장에 처해진 망자들의 단말마가 그칠 틈이 없었다.

"아하하하하하하하! 아하하하하하하하하하하하하하하!"

불꽃이 터지는 소리와 엘레노아의 웃음소리가 어우러진다.

그러자 다시 소환 법진이 전개되며 새로운 여성형 망자들이 줄지어 소환됐다.

하나가 열, 열이 백, 백이 천으로 해일을 형성하며 밀려들었다.

말 그대로 끝이 없었다.

"큭!"

이브가 더 고열의 불꽃을 방출하자, 홍련의 열파가 퍼져나가며 망자들을 연달아 불태웠다.

이그나이트의 비전【제7원】. 이 일대는 이미 이브의 지배영역이었고, 이 안에 있는 한 그녀는 사실상 세계 최강의 마술사였다.

하지만 아무리 최강이라도 상대가 한계가 없는 불사신이라면 불리해질 수밖에 없었다.

"……큭."

이브는 분한 표정으로 이를 악물었다.

"어머, 왜 그러시죠? 벌써 끝인가요? 쿡쿡……."

어느새 망자들과 함께 뼈까지 태워버렸던 엘레노아의 몸이 거친 숨을 내뱉는 이브 앞에서 빠르게 재생되고 있었다.

지금까지 몇 번이나 같은 상황이 반복됐는데도 대미지를 입거나 힘을 소모한 기색은 전혀 없었다.

그러자 그 광경을 본 이브의 마음 한구석에 작은, 아주 작은 망설임이 생겨났다.

이길 수 있을까?

정말 엘레노아를 쓰러트릴 수 있을까?

하지만 곧 그런 나약해진 마음을 질타하듯, 뜨겁게 불태우듯 큰 목소리로 외쳤다.

"하아아아아아아아아아아아아아아아아아앗!"

폭염을 두르고 손을 뻗어서 밀려오는 망자들을 날려버렸다.

"그래! 어디 해보자구! 나도……! 그 녀석처럼……!"

이브가 아는 그 남자는 언제나 격상의 적을 상대로 절망적인 싸움을 이겨왔다.

'그렇다면 나도 이 정도쯤은……!'

어느 때보다 강하게 마음과 영혼을 불사른 이브는 쉴 새 없이 불꽃을 퍼부었다.

그리고—.

———.

——.

—때는 5854년 전.

정의의 마법사와 마왕의 최종 결전지인 멜갈리우스의 천공성.

시천신비(時天神秘)와 공천신비(空天神秘). 글자 그대로 차원이 다른 전투가 펼쳐지는 그 장소에서 세리카와 마왕 티투스가 대치하고 있었다.

서로에게 오가는 수많은 초월적인 신비들.

시간이 어긋나고, 공간이 일그러지고, 별들이 추락하고, 물질이 소멸하고, 개념이 뒤바뀌고, 우주의 법칙이 뒤흔들리는 상상을 초월한 마술 전투가 벌어지는 가운데.

"세리카, 끝이다!"

"……?!"

한순간의 틈을 노리고 마왕이 세리카의 품에 파고들었다.

둘 사이에 있는 공간을 줄여서 연결한 것이다.

그리고 마왕은 모든 존재를 공간과 함께 도려낼 수 있는 오른손을 무방비해진 세리카를 향해 가차 없이 들이밀었다.

그렇게 막을 수 없고, 피할 수도 없는 일격이 세리카를 향해 펼쳐졌다.

"세리카……?!"

"아차!"

하지만 남루스도, 르 실바도 속수무책으로 세리카의 최후를 지켜볼 수밖에 없는 그 타이밍에 유일하게 반응한 인물이 있었다.

"우오오오오오오오오오오오오오오!"

글렌이었다.

이미 이 상황을 예측했던 글렌이 마왕이 출현한 공간의 측면에서 뛰어든 것이었다.

"【광대의(페네트)……!"

"……?!"

글렌이 총구를 들이밀자, 마왕은 황급히 공격을 중단하고 공간을 조작했다.

세리카와 글렌으로부터 무한대로 거리를 벌려서 이탈한 것이다.

그렇게 필멸의 마탄(魔彈)은 불발로 그쳤다.

"제길! 역시 엄청 경계하고 있구만!"

하지만 그런 글렌의 옆에 선 세리카는 흐뭇하게 웃으며 말했다.

"덕분에 살았어, 글렌. ……고맙다."

"그래!"

"네가 있으니 마음 든든해. 역시 난…… 네가 없으면 안 되나 봐."

"흥! 너답지 않잖아! 벌써 늙은 거야?"

글렌은 의기양양하게 웃으며 아득히 먼 전방을 응시했다.

그곳에서는 마왕이 귀찮은 눈으로 자신을 흘겨보고 있었다.

하지만 글렌을 먼저 해치우려고 하면 세리카가 그 틈을 노릴 터.

세리카도 마왕도 서로에게 닿으면 끝인 필살의 일격을 가지고 있는 탓에 마왕은 글렌을 먼저 제거할 수 없었다.

글렌이 노린 건 바로 그 틈이었다.

"서포트는 조역(나)의 역할이야. 주역(너)은 전력으로 부딪혀 봐!"

"그래, 맡겨둬! 이 바보 제자!"

힘차게 고개를 끄덕인 세리카는 왼손으로 마왕을 겨누고 다시 주문을 영창하기 시작했다.

그것을 본 글렌도 권총을 겨누며 마왕의 뒤를 노리기 위해 질주했다.

그리고 그런 식으로 세리카와 함께 마왕과 사투를 벌이는 와중에 생각했다.

'왠지 모르겠지만, 알겠어. 지금쯤 페지테에서는…… **너희들**도 싸우고 있는 거지?'

남루스의 지적대로 미래의 세계를 가리켜 지금쯤이라고 칭하는 것은 말이 되지 않았지만, 실제로 그런 기분이 드는 걸 어쩌겠는가.

게다가 이런 아득히 먼 시간을 넘어 그 소중한 동료들과 같은 순간을 싸우고 있다고 생각하면 왠지 아직도 서로가 보이지 않는 무언가로 이어져 있는 것 같은 기분이 강하게 들었다.

'나는…… 우리는 지지 않아! 반드시 너희들이 있는 시대와 인과를 연결하겠어! 그러니…… 너희도 지지 마라!'

속으로 기도하듯 말한 글렌은 플린트락 피스톨《퀸 킬러》를 뽑아.

마왕을 향해 발사했다.

■작가 후기

안녕하세요, 히츠지 타로입니다.

변변찮은 마술강사와 금기교전 20권이 발매되었습니다.

편집자님 및 출판 관계자 여러분, 그리고 이 시리즈를 지지해주시는 독자 여러분께 무한한 감사를.

20권! 마침내 20권! 20권대로 단위가 넘어갔습니다!

여기까지 올 수 있었던 건 정말로 이 시리즈를 지지해주신 독자 여러분 덕분입니다. 정말 감사합니다!

자, 그럼 이번 이야기의 주제는 그거겠네요. 「한편 그 무렵」.

18, 19권에서 세리카를 쫓아 여행을 떠난 글렌이 과거의 고대 마법문명 시대에서 다양한 일을 겪는 동안 페지테에서 있었던 일입니다.

글렌이 자리를 비운 사이에도 최후의 싸움이 시작된 페지테에서는 다양한 드라마가 전개되고 있었습니다. 이 20권은 바로 그 페지테에 초점을 맞춘 이야기입니다.

주요 등장인물은 리엘, 이브, 알베르트 이 셋. 그 밖에도 다양한 캐릭터에 초점을 맞춰봤습니다. 어쩌면 의외의 캐릭터도 등장했을지도요?

그 밖에도 이번에는 지금까지 이 시리즈를 읽어주신 분이라면 절로 미소가 나오는 요소를 잔뜩 첨가해봤습니다!

역시 최종 결전이니까요! 어떤 의미로는 축제나 마찬가지(당사자들은 말도 안 된다고 반박하겠지만요)라 전부터 해보고 싶었던 걸 가감 없이 잔뜩 쑤셔 넣어봤습니다!

그러니 즐겁게 읽어주셨다면 작가로서 무척 기쁠 것 같습니다!

그건 그렇고…… 끝이 다가올수록 쓰고 싶은 게 이것저것 늘어나서 좀처럼 끝이 안 나네요. 20권으로 완결이라는 이야기는 대체 어디로 간 걸까요?(웃음)

그래도 피날레는 확실히 다가오고 있습니다. 이미 제 머릿속에서는 엔딩까지의 여정이 완성되어 있습니다. 남은 건 그걸 글로 써서 형태로 만드는 것뿐이죠.

저도 마지막까지 최선을 다해 노력할 테니 독자 여러분도 앞으로 잘 부탁드리겠습니다!

그리고 twitter에서 생존 보고 등을 하고 있으니 쪽지나 댓글로 작품에 대한 감상이나 응원을 남겨주신다면 정말 기쁠 것 같습니다. 주로 제가 우쭐대며 의욕 MAX가 되겠죠. 유저명은 『@Taro_hituji』입니다.

그럼! 다음은 21권에서 뵙겠습니다.

히츠지 타로

■역자 후기

안녕하세요. 주인공이 부재중인 무대에서 다양한 캐릭터들이 활약하는, 지금까지와는 약간 다른 전개였던 이번 20권 재미있게 읽어주셨을까요?

아마 지금까지 중에서도 가장 많은 캐릭터가 등장한 권이 아닐까 싶습니다만, 극히 일부를 제외하면 본편의 동시간대와 과거를 다루는 단편집인 『변변찮은 마술강사와 추상일지』에 등장한 적이 있는 캐릭터들도 대거 등장한, 그야말로 시리즈의 집대성 같은 권이 아니었나 싶네요. 작업하는 저도 계속 예전에 작업했던 작업물들을 들춰보며 아, 이런 일이 있었지 같은 감회가 자주 들었던 것 같습니다.

그리고 놀랍게도 사실 이번 권도 지난 18, 19권과 마찬가지로 상하권 구성이라는 사실! 오랜 악연으로 묶인 알베르트와 파웰의 결말. 리엘과 엘리에테의 결착. 엘레노아의 비밀. 현대에 부활한 마왕 커플과 귀환한 글렌 일행의 재회 등등 그동안 이 시리즈와 함께 해주신 독자 여러분이라면 기대하고 계실 만한 내용이 가득 담겨 있을 다음 21권에서도 뵐 수 있기를 바라며 이만 짧은 후기를 마치겠습니다.

변변찮은 마술강사와 금기교전 20

초판 1쇄 발행 2023년 4월 10일

지은이_ Taro Hitsuji
일러스트_ Kurone Mishima
옮긴이_ 최승원

발행인_ 신현호
편집장_ 김승신
편집진행_ 권세라 · 최혁수 · 김경민 · 최정민
편집디자인_ 양우연
관리 · 영업_ 김민원

펴낸곳_ (주)디앤씨미디어
등록_ 2002년 4월 25일 제20-260호
주소_ 서울시 구로구 디지털로 26길 111 JnK디지털타워 503호
전화_ 02-333-2513(대표)
팩시밀리_ 02-333-2514
이메일_ lnovellove@naver.com
L노벨 공식 카페_ http://cafe.naver.com/lnovel11

ROKUDENASHI MAJYUTU KOSHI TO AKASHIC RECORDS Vol. 20

ISBN 979-11-278-6804-8 04830
ISBN 979-11-86906-46-0 (세트)

값 8,500원